Murat und Phoebe

Eine saudumme satirische Liebesgeschichte

Von Christian Schwochert

AF197997

Impressum:

©2024 Christian Schwochert

ISBN Softcover: 978-3-384-10878-4

Druck und Distribution im Auftrag des Autors:
tredition GmbH, Halenreie 40-44, 22359 Hamburg,
Germany

Kapitel 1: Screamsaw

„Satire darf alles."
Kurt Tucholsky

Dies ist eine Geschichte aus einer anderen Welt[1]. Einer Welt der Mythen, Märchen und Sagen, in der die neuen Pseudogötter grausam und rachsüchtig sind und die Menschen mit Schrecken verfolgen und mit Leid heimsuchen. Aber da ist ein Mann, der sich ihrer Macht widersetzt. Murat. Adoptivsohn der heiligen deutschen Nation. Er ist stärker als alle seine Feinde. Seine Kraft ist übermenschlich und er nutzt sie gegen die Mächte des Bösen. Er zieht durch die Lande, verfolgt von der eifersüchtigen Rache der inländerfeindlichen Systemlinge, der Knechter Deutschlands. Und wo auch immer Unrecht geschieht, wo auch immer ein Unschuldiger leiden muss; Murat ist zur Stelle.

*

---

1 Denn wenn nicht, ermittelt wahrscheinlich gleich der Staatsschutz, da Kunstfreiheit nur für Linke gilt, die fordern man möge alle deutschen Rentner töten. Und falls der Staatsschutz mitliest, so ist auch das hier selbstverständlich nur Satire, denn **natürlich** haben wir in Deutschland ebenso viel Kunstfreiheit wie Meinungs-, Presse- und Informationsfreiheit ;-).

3 🐾🐾🐾🐾🐾🐾🐾🐾🐾🐾🐾🐾🐾🐾🐾🐾🐾🐾🐾🐾

Mit Murat soll unsere Geschichte jedoch nicht beginnen. Sie beginnt mit Oberkommissar Schubert, der an diesem Montag im Jahre 2024 zur Abwechselung einmal wieder zur Arbeit geht. Eigentlich hätte er lieber zu Hause herumgesessen und alte Folgen der Serie „Hercules" mit Kevin Sorbo geschaut, denn spätestens seit sein Kollege und guter Freund Vincent Schuber der Polizei den Rücken gekehrt hatte, interessierte sich Schubert nicht mehr für den Dienst. Sein Kumpel war wegen der Zustände in Deutschland nach Ungarn ausgewandert und hatte dort bei einem Sicherheitsdienst angeheuert. Schubert hatte eigentlich auch schon lange die Schnauze voll, wollte aber Deutschland nicht verlassen. Also tat er das was Oberkommissar Mannhardt in Horst Bosetzkys Buch „Friedrich der Große rettet Oberkommissar Mannhardt" getan hatte; er meldete sich so oft wie möglich „krank". Heute jedoch musste Schubert zur Arbeit gehen, denn er hatte einem Kollegen drei Bücher der DDR-Autorin Christa Wolf geliehen. „Der geteilte Himmel", „Kassandra" und „Kein Ort. Nirgends". Sein Kollege hatte ihn gestern angerufen und ihm mitgeteilt, dass die Bücher bei ihm auf Arbeit herumlagen. Das war nur logisch, denn dort hatte er sie ja auch gelesen. Leider war nun sein Kollege ebenfalls „krank", weswegen Schubert heute mal einen auf gesund machen und sie selbst auf Arbeit einsammeln musste. Am Telefon hatte Schubert gefragt: „Sag mal, du hast nun die Bücher gelesen. Aber ist dir dabei nicht irgendwas aufgefallen?"

„Nö", hatte die Antwort gelautet.

Aus plötzlicher Sorge abgehört zu werden fragte Schubert ihn nicht, ob Frau Wolfs Bücher nicht auch gut in die heutige Zeit passen würden. Dabei fiel ihm besonders das Zitat vom Anfang des „Kassandra"-Buches ein. Dort hatte Goethe gesagt: „Diesem düsteren Geschlecht ist nicht zu helfen; man musste nur meistenteils verstummen, um nicht, wie Kassandra, für wahnsinnig gehalten zu werden, wenn man weissagte, was schon vor der Tür steht." Stattdessen stimmte Schubert zu, die Bücher selbst von der Arbeit abzuholen. „Ist doch gut, wenn du mal wieder einen Tag da bist. Man kann ja nicht immer nur 'krank' sein", meinte sein Kollege am Telefon.

Immerhin hatte der Kollege erkannt, dass Schubert sich nur diesen einen Tag, zufällig einen Montag, antun und sich am Dienstag wieder „krank" melden würde. Schubert betrat das Polizeirevier und es ging dort genauso zu wie von ihm erwartet. Zwei seiner uniformierten Kollegen führten einen dritten in Handschellen herein. „Du wirst wegen Mordes vor Gericht landen", sagte einer zu dem gefesselten Uniformierten.

„Ich musste ihn töten, er hat nicht richtig gegendert", verteidigte sich der verhaftete Polizist.

„Okay, das gibt mildernde Umstände", meinte einer der ihn Hereinführenden.

„Außerdem ist er doch gar kein Mensch gewesen; er meinte, er identifiziere sich als Schaf", sagte der Festgenommene als Nächstes.

„Was? Warum hast du das nicht gleich gesagt?!", fragte einer der Beamten und schloss die Handschellen auf.

„Genau. Dann ist es ja kein Mord, sondern nur Sachbeschädigung. Aber wegen der Sachbeschädigung wird der Richter dann schon noch eine Geldstrafe auferlegen. Also, geh wieder an die Arbeit. Die Leiche von dem genderverweigernden Schaf dürften unsere Kollegen inzwischen weggeräumt haben."

Grinsend ging der eben noch verhaftete Polizist wieder an die Arbeit. Schubert schüttelte nur den Kopf und ging durch das Gebäude. Er suchte als erstes auf dem Schreibtisch seines Kollegen nach den Büchern. Aber dort lag lediglich das „Kassandra"-Buch. „Wo sind die anderen zwei?", murmelte Schubert.

„Schubert! Sie sind ja heute wieder gesund! Wie schön. Kommen Sie mal mit; wir schauen wo wir Sie einsetzen können. Es gibt viel zu tun", sagte plötzlich sein Vorgesetzter hinter ihm.

Schubert hatte gehofft, ihm heute aus dem Weg gehen zu können. Stattdessen sagte er nun: „Alles klar, Chef" und folgte dem Boss.

„Um ganz ehrlich zu sein, habe ich heute nicht mit Ihnen gerechnet. Mal sehen, wo die Kollegen Hilfe brauchen. Kommen Sie mit."

Schubert ging ihm nach, wobei er das „Kassandra"-Buch in der rechten Hand hielt. Sein Vorgesetzter schaute mit ihm in einem Büro nach, wo lauter Akten gelagert wurden. Mehrere südländisch aussehende Männer trugen die Dokumente gerade durchs Fenster nach draußen.

„Kommen Sie hier klar?", fragte der Boss.

„Alles bestens. Wir verschaffen den verstaubten Akten nur etwas frische Luft, damit wir nicht dauernd niesen müssen", lautete die Antwort.

Der Boss machte die Tür wieder zu. „Das sind die neuen Kollegen. Heißen zufällig alle Al-Lesarschloecher mit Nachnamen. Aber keine Sorge, sie haben mir versichert, dass keiner von ihnen mit dem Al-Lesarschloecher-Mafiaclan verwandt ist. Ein Kollege, der behauptet hat sie wären doch mit denen verwandt, haben wir wegen

Volksverhetzung angezeigt und rausgeworfen. Für Rassismus ist kein Platz in der Polizei", verkündete Schuberts Vorgesetzter und nickte mit dem Kopf, um seine Aussage zu unterstreichen.

„Na auf jeden Fall haben die Guten sich super eingearbeitet und scheinen keine Hilfe zu brauchen. Sehen wir mal bei den Verhörzimmern nach."

Schubert sagte zu dem Thema lieber nichts. Stattdessen folgte er weiter seinem Boss. Sie schauten sich bei den Verhörräumen um und in Raum 1 war niemand. Raum 2 war jedoch besetzt. Also gingen sie in den Nebenraum, wo sich eine durchsichtige Fensterscheibe befand, mit der sie von ihrer Position aus alles im Verhörraum beobachten konnten. Der Boss schaltete die Sprechanlage ein und konnte so alles mit anhören. Eine junge Frau berichtete gerade davon, wie sie vergewaltigt wurde. Uninteressiert machte sich ein Beamte Notizen, während der zweite fragte: „Und Sie sind sich ganz sicher, dass die beiden Täter Syrer waren?"

„Ja, ganz sicher. Ich kenne die beiden doch; sie wohnen gleich um die Ecke in einem Asylantenheim!", rief die junge Frau verzweifelt aus.

„Nun, wir werden dem natürlich nachgehen", sagte einer der beiden, wobei man an seiner Stimme merkte, dass es ihn einen Dreck interessierte.

„Also haben die beiden Sie vergewaltigt? Sind Sie sicher, dass Sie die zwei nicht irgendwie zu der Tat eingeladen haben?"

„Was? Nein! Ich habe ganz sicher keine Signale an die zwei Typen gesendet!", lautete die Antwort.

„Ganz sicher?"

Da wurde der Frau klar, dass man sich einen Scheiß für

das interessierte, was ihr angetan wurde. „Ja! Ganz sicher! Und ich habe die beiden Typen auch nicht dazu motiviert, dass sie sich nach der Tat mit dem Hitlergruß verabschiedeten. Ebenso wenig motivierte ich sie dazu, den Bundespräsidenten zu beleidigen und dann abzuziehen, wobei sie das 'Horst-Wessel-Lied' sangen."

Plötzlich wurden die beiden Polizisten munter wie Fische im Wasser. „Was?! Das alles haben die auch gemacht?!", rief einer schockiert aus.

„Ja!", antwortete das Mädchen.

Für Schubert war hinter der Glasscheibe offensichtlich, dass sie log, aber auch dazu sagte er nichts. *Die Kleine will bloß, dass die Typen geschnappt werden, die ihr das angetan haben. Anders bekommt sie das nicht durchgesetzt*, dachte der Oberkommissar, während seine Kollegen im Verhörraum völlig ausrasteten.

„Also waren es Nazis und keine Syrer?!"

„Doch! Es waren auch Syrer!", beharrte die Frau.

„Syrische Nazis? Gibt es so etwas?!", fragte einer der beiden Polizisten im Verhörraum.

„Natürlich! Es gibt sogar Nazis in Indien. Schauen Sie denn keine Dokus auf arte? Die Nazis sind überall; deswegen ist der 'Kampf gegen rechts' unserer Regierung ja so wichtig", log die junge Frau.

„Also von den Nazis in Indien habe ich schon mal gehört. Und haben nicht deutsche Offiziere aus dem zweiten Weltkrieg dabei geholfen die Armeen in Syrien und Ägypten aufzubauen?", fiel einem der Polizisten ein.

„Na sehen Sie!", sagte die Frau.

„Also gut. Wir haben es hier mit Nazis zu tun. Ich gehe sofort los und stelle ein Einsatzkommando zusammen. Denen werden wir es zeigen!"

Hinter dem Spezialglasfenster sagte der Boss zu Schubert: „Ich denke, die kommen auch gut klar."

Also gingen sie weiter durch das große Revier. Sekunden später stürmten zwanzig uniformierte Beamte an ihnen vorbei. „Ein Großeinsatz?", fragte Schubert.

„Ach nein. Die gehen seit letzter Woche immer um diese Uhrzeit los. Im Görlitzer Park wurde ein Denkmal für einen Drogendealer aufgestellt. Pünktlich um 10:00 Uhr brechen die Kollegen jetzt jeden Tag auf, damit sie zusammen mit einigen Politikern um 11:00 Uhr vor dem Denkmal niederknien und es anbeten können", antwortete der Chef.

Oh Gott, ist das abartig. Nicht einmal das erste Gebot können sie einhalten, dachte Schubert traurig.

„Ach, da fällt mir ein; für mich ist es um 10:00 Uhr ja auch Zeit."

Der Boss ließ Schubert stehen und ging in einen sogenannten „Raum der Stille", wo jeder beten konnte. Dort holte er eine Figur von Sponge Bob hervor, stellte sie hin, kniete davor nieder und zog ein Buch mit dem Titel „Die Lehren von Sponge Bob" hervor. Daraus las er vor und als er fertig war, ging er wieder zu Schubert zurück. Dieser hatte den Fehler gemacht auf ihn zu warten und bekam nun zu hören: „Wie Sie wissen, gehöre ich der Religion von Spongebobologiy an. Sehen Sie, unser Glaube ..."

Zwanzig Minuten später schauten sie sich nach weiterer Arbeit für Schubert um. Schubert hatte nach dem Wort „Glaube" auf Durchzug geschaltet. Er hatte kein Interesse, bei der Sekte seines Bosses mitzumachen. Gerne würde er ihm sagen, was er von dieser Pseudoreligion hielt, aber dann wäre er wegen „Volksverhetzung" dran. Also beschloss er den Tag durchzustehen und nach der Predigt seines Bosses freute er sich sogar fast auf die Arbeit.

„Also Schubert, ich weiß auch nicht was wir heute mit Ihnen machen ... ach ja, Moment! Der 'Screamsaw'-Fall! Den könnten Sie weiter bearbeiten!", fiel dem Vorgesetzten da plötzlich ein.

„Der 'Screamsaw'-Fall? Aber bearbeiten den nicht Kommissar Arschgeburt und Kommissar Fotzenfresse?"

„Tja, ich werde nie verstehen warum die beiden beim Amt ihre Nachnamen so umgeändert haben, aber egal. Sie bearbeiten keine Fälle mehr, denn sie sind im 'Kampf gegen rechts' heldenhaft gefallen. Sponge Bob wird sich ihrer annehmen."

In der Hölle, fügte Schubert in Gedanken hinzu.

Aber sein Mund fragte: „Wie sind sie denn gefallen?"

„Letzte Woche haben sich fünf Jugendliche auf der Hauptstraße festgeklebt. Vorher schmierten sie mit roter Farbe 'Selbstmord gegen rechts' auf die Straße. Dann klebten sie sich eine Hand fest und mit der anderen tranken sie Gift. Alle fünf starben für eine bessere, buntere Welt. Als Arschgeburt und Fotzenfresse am Ort des Geschehens ankamen, lasen sie Zeugenberichten zufolge diese Botschaft und Arschgeburt meinte: 'Selbstmord gegen rechts? Tolle Idee'. Und Fotzenfresse entgegnete: 'Geil! So zeigen wir es den Rechten'. Dann nickten sie in stillem Einvernehmen einander zu, zogen ihre Dienstwaffen und schossen sich grinsend in den Kopf. Also können sie den Fall des 'Screamsaw'-Killers leider nicht mehr bearbeiten. Außerdem hat irgendjemand ihre Waffen anschließend vom Ort ihrer Heldentat entwendet. Wir wissen leider nicht, wer das gewesen ist. Aber die zwei Kollegen sind den Heldentot gestorben und ihre

Namen werden unvergessen sein!", rief der Boss aus.

„Wessen Namen?", fragte ein Kollege im Vorbeigehen.

„Die von Arschgeburt und Fotzenfresse."

„Kenn ich nicht", meinte der Kollege und ging weiter.

„Nun, wie auch immer. Schubert, Sie übernehmen den Fall", entschied der Vorgesetzte.

„In Ordnung", sagte Schubert und machte sich auf den Weg zu seinem Schreibtisch.

Der Weg führte ihn am Schreibtisch des Kollegen vorbei, wo er erstmal weiter nach den anderen beiden Büchern suchte. Der Schreibtisch war eine gingantische Müllhalde, aber nach zehn Minuten hatte er die beiden anderen Werke von Frau Wolf gefunden. Im Anschluss begab sich Schubert an seinen eigenen Schreibtisch, wischte etwas Staub von der Tastatur des Rechners, schaltete diesen ein und suchte nach den Informationen über den „Screamsaw"-Fall.

Während er ein paar Dateien öffnete, kam plötzlich sein Boss ins Büro gestürmt und rief: „Draußen findet eine Parade mit Regenbogenflaggen statt! Kommen Sie schnell alle raus! Wir müssen unsere Solidarität zeigen; immerhin weht diese Flagge auch vor unserem Revier!"

Alle außer Schubert sprangen auf und stürmten hinaus.

„Wollen Sie nicht mitkommen, Schubert?", fragte der Boss misstrauisch.

„Äh... sehen Sie, wenn wir alle draußen sind, na ja, es könnten sich ja irgendwelche Nazis hier einschleichen und unsere über sie gesammelten Informationen klauen. Wir müssen da schon wachsam sein...", antwortete Schubert zögerlich.

„Gut mitgedacht. In Ordnung. Sie bleiben hier und passen auf. Saubere Arbeit, Schubert", sagte der Vorgesetzte, zeigte den Daumen hoch und ging raus.

Eine Minute später vernahm Schubert von draußen die Rufe seiner Kollegen: „Bunt statt braun!"

„Vielfalt ist Stärke!"

„Vielfalt über alles!"

„Nie wieder Deutschland! Gebt uns eine Weltrepublik für Weltbürger!"

Wie sie die linken Arme mit zu Fäusten geballten Händen hoben konnte Schubert Gott sei Dank nicht sehen.

Stattdessen sah er sich ein den „Screamsaw"-Akten angehängtes Video an.

In dem Video war erstmal nur ein dunkler Raum zu sehen; zumindest ein wenig Licht ermöglichte es dem Betrachter zu erkennen, dass es ein Raum war. Plötzlich ging das Licht an; offenbar reagierte es auf größere Bewegungen. Im Raum lagen zwei Personen; Schubert kannte sie aus dem Fernsehen. Die eine war die Politikerin Annalina Verbock und die andere ihre Parteigenossin Rikarda Breit. Außerdem schien jede Menge Sperrmüll im Raum zu liegen. Verbock war als erste wach geworden und kaum war sie wach, ging an der Wand bereits ein Fernsehbildschirm an. Breit kämpfte währenddessen gegen die Müdigkeit an und gegen die zahlreichen Al-Bundy-Zitate, die sie wohl Zeit ihres Lebens um die Ohren geschlagen bekommen hatte. Auf dem Bildschirm erschien eine gruselige Puppe und verkündete: „Hallo Frau Verbock, hallo Freu Breit. Ich möchte ein Spiel mit Ihnen spielen."

„Welches Spiel? Uno? Ich bin sehr gut in Uno!", rief Verbock dem Fernseher zu.

„Nein, ein Rätselspiel. Sehen Sie sich mal in diesem Raum um. Hinter Ihnen ist eine Waage, vor Ihnen eine Tür. Die

Tür öffnet sich nur und bleibt auch nur offen, wenn Sie mehr als hundert Kilo auf die Waage legen und dort liegen lassen. Sobald Sie die Tür geöffnet haben, können Sie in den nächsten Raum, wo ein weiteres Rätsel auf Sie wartet", verkündete die Puppe im Fernsehen.

„Ah! Ich weiß des Rätsels Lösung!", rief Verbock und nahm eine Eisenstange aus einem der Sperrmüllhaufen. Damit schlug sie ihrer Parteigenossin den Schädel ein. Anschließend zog sie die Leiche von Frau Breit auf die Waage und die Tür ging auf. „Ich hab es geschafft! Ich bin die klügste Politikerin auf Erden!", rief Verbock laut durch den nächsten Raum.

„Nun, Sie und Frau Breit hätten natürlich auch einfach den ganzen Sperrmüll auf die Waage tun können, aber was soll's. Nun sehen Sie sich mal in diesem Raum um. Was denken Sie, erwarte ich von ihnen?", fragte die Puppe, die auch im zweiten Raum auf einem Fernsehbildschirm erschien.

Verbock sah sich im Raum um und Schubert als Zuschauer ahnte bereits, was der Typ von ihr wollte. Im Raum war eine Badewanne voller Wasser. Daneben stand ein Eimer. An der Tür, die entweder zum Ausgang oder zu einem weiteren Rätsel führte, war ein Trichter angebracht. Verbock kam jedoch nicht darauf. „Was wollen Sie von mir?! Was soll ich tun, um hier herauszukommen?", rief sie ahnungslos aus.

Die Puppe fasste sich genervt an den Kopf. „Sie sollen den Trichter solange mit Flüssigkeit füllen, bis die Tür aufgeht", sagte sie sauer über so viel Dummheit.

„Ach so! Alles klar! Das kann ich! Ich bin die Beste in meinem Job und das kriege ich auch hin", verkündete Verbock.

Rasch rannte sie ins Nebenzimmer. „Hä. Wo will sie denn jetzt hin?", fragte die Puppe im Fernseher.

Zwei Sekunden später kam Verbock mit einer Säge zurück in den zweiten Raum und rief: „Tja, da können Sie mal sehen! Ich denke mit! Mit entgeht kein noch so kleines Detail! Die Säge im Sperrmüllhaufen ist mir vorhin schon aufgefallen!"

„Ich bin ja sowieso gegen alles was rechts ist, also brauche ich auch keinen rechten Unterarm", verkündete sie, nachdem die Puppe zu ihrem ersten Einfall nichts gesagt hatte.

Dann setzte sie mit der Säge an und sägte sich den rechten Unterarm ab. Dabei schrie sie wie am Spieß, sägte jedoch immer weiter bis er ab war. Anschließend hielt sie ihren Oberarm über den Trichter, sodass sie ordentlich hineinbluten konnte. „Ich hab's geschafft! Ich bin die Größte! Ich bin eine Alphawoman!", rief sie.

Nachdem sie ordentlich Blut verloren hatte, ging sie zu Boden und die Tür öffnete sich. „Tja, Frau Verbock. Sie hätten auch das Wasser aus der Badewanne nehmen können. Oder, wenn es unbedingt Blut sein musste, auch das von Ihrer toten Genossin. Aber ich gratuliere Ihnen; die Tür ist offen. Nur schaffen Sie es wohl trotzdem nicht mehr raus zu meinem dritten Rätsel. Wie schade. Das haben Sie wohl verbockt; game over", stellte die Puppe im Fernseher fest.

Während Verbock starb fragte sie: „Wieso riecht es im Himmel so nach Schwefel und was sollen all die Flammen und die Typen mit den Hörnern?"

Kurz darauf war das Video zu Ende. „Na ja, immerhin weiß ich jetzt wieso man das den 'Screamsaw'-Fall nennt. Verbock hat sich mit einer Säge umgebracht und dabei

geschrien. Also 'Schreisäge', englisch 'Screamsaw'. Verdammtes Denglisch. Können die kein deutsch reden?",
fragte Schubert, bei dem immer mehr Tropfen das Faß zum Überlaufen brachten; er bereute es überhaupt zur Arbeit gegangen zu sein.

Dann sah er sich im Raum um, aber es war Gott sei Dank niemand da, der ihn hätte hören können. Alle waren noch draußen und jubelten der Regenbogenflaggenparade zu. Schubert las weiter den Bericht und stellte am Ende fest: „Die Leichen der beiden wurden im Grunewald gefunden und das Video von einer öffentlichen Bücherei aus ins Internet gestellt. Ich sehe mir das Ganze noch ein paar Mal an; vielleicht ist ja irgendein Hinweis zu erkennen. Immerhin sehen die Räume nach Räumen in einem Lagerhaus aus. Aber wo könnte das Lagerhaus sein?" Der Oberkommissar beschloss sich den Rest des Tages diesem Fall zu widmen und seine Umgebung völlig auszublenden.

*

Währenddessen besuchte ein zu Unrecht unterschätzter und von den Medien ignorierter Schriftsteller seinen guten Kumpel Murat. Ein wenig verschlafen öffnete der Gute ihm die Tür und bat den Autor herein. „Na, wie gehts dir so, Kumpel", fragte der Künstler.
„Beschissen. Erst hatte ich Riesenglück und dann Megapech."
„Was ist denn passiert?"
„Ich fand auf einem Flohmarkt eine schöne Lampe.

Dachte mir, die könnte man auch als Saucenschüssel oder so nehmen. Aber als ich sie zu Hause reinigte, kam ein Flaschengeist heraus. Und mann war die Braut scharf. Mein erster Wunsch war natürlich gleich, dass sie mit mir vögelt, was sie auch getan hat. Als zweites wünschte ich mir 1.000.000.000.000.000.000.000. Euro. Da meinte sie, das ginge nicht; es gäbe bei den Wünschen gewisse Regeln. Also fragte ich sie wie viel ich mir als höchste Summe wünschen könnte. Sie meinte 1.000.000 Euro. Also wünschte ich mir eine Millionen Euro und bekam sie. Als Drittes hätte ich sie gerne dauerhaft als Partnerin im Bett gehabt, aber sie meinte auch das verstieße gegen die Regeln. Also wünschte ich mir eine Freundin wie Kelly Bundy, die scharf auf mich ist. Die bekam ich, woraufhin die Flasche einfach verschwand; ich nehme an, um irgendwo anders auf der Welt wieder aufzutauchen und noch jemandem drei Wünsche zu erfüllen. Auf jeden Fall hatte ich mit der Blonden viel Spaß. Und nach ein paar echt geilen Tagen wollte ich auch mal wieder ein bisschen an die frische Luft und ging einkaufen. Zu der Dumpfbacke sagte ich, sie möge sich ohne mich amüsieren, was sie auch tat. Sie hat mein ganzes Geld genommen, ist damit zu einem Hütchenspieler gegangen und hat alles auf einmal verloren. Daraufhin habe ich sie rausgeworfen, sie fing an als Pornodarstellerin zu arbeiten und kurz darauf hat sie einen Politiker geheiratet."

„Ja, es kommt öfter vor das Pornodarstellerinnen Politiker heiraten oder selbst in die Politik gehen. Passt ja beides auch irgendwie zusammen", murmelte der Autor.

„Wie jetzt? Du glaubst mir das alles? Einfach so?"

Der Schriftsteller legte ihm seine rechte Hand auf die Schulter und meinte: „Murat, wir waren zusammen mit

Julius in Griechenland um das 'Rad der Scheiße' zu suchen. In dieser Welt passieren viele wunderliche Dinge."

„Auch wieder wahr. Na komm erstmal rein."

Der Autor betrat die Wohnung und Murat brachte ihm und sich selbst etwas zu trinken. „Und was machst du jetzt, nachdem du eine Millionen Euro gehabt und wieder verloren hast?"

„Mich nach ein bisschen Geld umsehen. Und nach einer hübschen Frau. Für Letzteres habe ich bereits eine Möglichkeit. Morgen kommt Phoebe Saw vorbei."

„Phoebe Saw ... hm ... der Name sagt mir was, aber ich komme nicht drauf."

„Mensch, du und dein Namensgedächtnis. Phoebe ist doch die Frau mit der ich auf dem Flug nach Griechenland kurz mal etwas hatte. Die mit Harris Joneson unterwegs war."

„Ach, stimmt ja. Genau. Und die kommt echt aus Amerika, um sich mit dir zu treffen, Murat?"

„Ja. Sie hatte da offenbar etwas Ärger mit ein paar Zauberbohnen. Anscheinend ist die Bohnenranke umgefallen und hat einen Teil der USA platt gemacht und deswegen ist sie jetzt lieber vorläufig nicht mehr in Amerika unterwegs. Auf alle Fälle freue ich mich sie wieder zu sehen."

„Vor allem freust du dich, sie dort drüben wieder zu sehen", meinte der Autor und zeigte auf das Zimmer, wo sich das Bett befand.

„Natürlich."

„Aber ist Phoebe nicht genau so dumm wie das Mädel, welches du dir von dem Flaschengeist gewünscht hast?"

„Ja, sicher. Aber ich habe jetzt keine Millionen mehr, die sie aus Versehen verbraten kann", entgegnete Murat.

„Auch wieder wahr."

„Und was läuft bei dir so?"

„Nicht viel. Hatte mal wieder eine Hausdurchsuchung wegen meiner regierungskritischen Schreiberei."

„Oh je. Du Armer. Und wie ist das so abgelaufen?", fragte Murat.

„Tja, die kamen früh morgens bei mir rein und warfen mir vor, dass ich für meine Bücher Werbung machen würde, obwohl die Werke nicht einmal verboten sind. 'Wir wollen wissen, bei wem Sie alles Werbung für Ihre Machwerke machen?', fragte einer von denen. Ich antwortete: 'Bei Ihrer Mutter im Bett'. Diese Antwort gefiel dem Beamten nicht und er schlug mir mitten ins Gesicht. Seine Kollegin meinte, das sei Beamtenbeleidigung und ich sei nun verhaftet. Darauf ich: 'Wieso?! Ich war doch mit seiner Mutter im Bett! Ich habe ihn von dem Foto wieder erkannt, dass sie bei sich von ihm in der Wohnung hängen hat. Und wenn Sie mir nicht glaube, zeige ich Ihnen das ich seine Mutter tatsächlich kenne'. Da meinte die Kollegin, die offenbar auch Einsatzleiterin war: 'Na dann machen Sie mal. Aber ich habe seine Mutter schon mal gesehen; mich täuschen Sie nicht'. Also bat ich sie ihr Handy herauszuholen, was sie auch tat. Dann wies ich sie an auf eine bestimmte Pornoseite zu gehen und den Titel einzugeben und dort war dann tatsächlich ein Video von mir und seiner Mutter zu sehen. Die Polizistin bestätigte, dass es sich um seine Mutter handelte und ich meinte: 'Und hinterher habe ich ihr von den Büchern erzählt. Dann hat sie das Video hochgeladen'. Daraufhin ist der Typ ausgerastet und wollte auf mich los. Zur selben Zeit hat jedoch einer seiner Kollegen mein altes Schwert untersucht und der Typ rannte, blind vor Wut, in das Schwert hinein. Er lag zehn Minuten lang auf dem Boden und ist elendig verreckt. Seine Vorgesetzte bestand jedoch darauf die Durchsuchung fortzusetzen und nachdem seine Leiche abtransportiert wurde, machte sie weiter. Sie sah sich ein Kästchen an und fragte: 'Was ist da drin?' Ich antwortete: 'Das ist an sich leer, aber Sie sollten es nicht öffnen, denn eine Zauberin hat es verflucht. Wer es öffnet, muss eine ganze Stunde lang Scheiße essen'. 'So ein Blödsinn!', rief sie und machte es auf. Dann rannte sie blitzschnell ins Bad und machte sich über die Katzenklos her. Nachdem sie sämtliche Scheiße daraus gegessen hatte, zog sie sich unten rum aus und kackte auf meinen Badezimmerboden. Anschließend aß sie ihre eigene Scheiße. Als diese alle war, befahl sie ihren Kollegen, ebenfalls auf den Boden zu kacken und sie futterte auch deren Scheiße. Irgendwann war die Stunde dann um und die Beamten erwiesen sich als wenig lernfähig. Sie wollten die Durchsuchung nämlich unbedingt fortsetzen. Bei einem offenkundig falschen und hohlen Buch fragte mich einer: 'Was ist da drin?' Ich antwortete: 'Ein weiterer Fluch der Zauberin. Wer dieses falsche Buch öffnet, der begeht, sofern er kein Christ ist, Selbstmord.' 'Schwachsinn', meinte der Polizist, öffnete das Buch, klappte es wieder zu, nahm seine Waffe und schoss sich in den Kopf. Erst danach brachen sie die Hausdurchsuchung ab. Mann, war das nervig. Und das Blut durfte ich auch noch selber wegwischen."

„Echt jetzt? Ist das wahr?"

„Klar, ebenso wahr wie deine Wunderlampe. Wir leben schließlich in einer wundersamen Welt voller Merkwürdigkeiten."

„Gut, aber was mache ich mit Phoebe? Ich meine, was ich als erstes mit ihr machen werde ist schon klar, aber sie wird wohl länger bleiben wollen; besonders wegen der Bohnenranke. Was fange ich denn mit ihr an, wenn wir mal nicht im Bett sind?"

„Koch ihr etwas Nettes, oder geh schön mit ihr essen. Zeig ihr ein Buch und auf welche Weise es geöffnet wird. Ich hab's. Lies ihr eines dieser alten Lassie-Bücher vor; da sind auch Bilder bei und die habe ich als Kleinkind geliebt. Da lernt sie auch etwas über traditionelle Werte; kindgerecht verpackt."

„Phoebe ist doch mitte Zwanzig. Vielleicht sogar Anfang Dreißig. Keine Ahnung. Habe sie nicht gefragt; ist sowieso eine der dümmsten Sachen die man bei Frauen machen kann; sie nach ihrem Alter fragen."

„Gut, vielleicht ist sie Anfang Dreißig, aber sie ist so klug wie ein Toaster, nur das man nicht verbrennt, wenn man etwas hineinsteckt."

„Schön, lese ich ihr etwas vor. Ich könnte auch mit ihr ins Kino gehen, aber erstens ist das immer so teuer. Und zweitens kann ich sie nicht mitnehmen, denn man darf keine eigenen Snacks mitbringen; und ich will sie doch vernaschen. Vielleicht bleiben wir lieber zu Hause. Wir könnten uns hier ja auch ganz einfach ein bisschen 'Hercules' im Fernsehen ansehen."

„Oder die türkische Version, die Julius mal erwähnt hat; 'Türkules'. Oder die 'Duck Tales'-Version: 'Storkules'."

„Oder die Spin-off-Serie 'Xena'."

„Ja, die schaue ich auch gerne, aber ist dir da nie etwas aufgefallen?"

„Was denn?", fragte Murat.

„Nun, 'Xena' ist eine Spin-off-Serie von 'Hercules' und bevor sie ihre eigene Serie hatte, war sie eine Schurkin in der Hercules-Serie. Dann wurde sie aber nach und nach gut und bekam ihre eigene Serie, in der sie eine Liebesbeziehung mit ihrer Freundin Gabrielle hatte. Und in der Serie 'Hercules' hat sie mit Hercules gebumst. Ich glaube sogar, bin mir aber nicht sicher, er war tatsächlich der letzte Kerl mit dem sie geschlafen hatte. Danach, in ihrer eigenen Serie, wurde sie lesbisch."

Murat fing an zu lachen. Dann fiel ihm etwas ein: „Moment mal. In einer Folge hätte sie doch beinahe mit Ares gepennt, wenn ihre Mutter nicht reingekommen wäre. Daran erinnere ich mich noch genau und das war schon ziemlich weit innerhalb der Serie."

„Stimmt, aber das hat sie nur gemacht weil Athene Krieg gegen sie geführt hat. Sie wollte Ares auf ihre Seite ziehen."

„Ach so. In Ordnung, dann ist sie wohl durch Hercules lesbisch geworden. Aber dann sehe ich mir die beiden Serien mit Phoebe lieber nicht an; sonst kommt sie noch auf dumme Ideen."

„Phoebe selbst ist die Mutter aller dummen Ideen."

„Kann sein, aber wenn wir sie in den Bundestag setzen, ist sie dort die Klügste", meinte Murat.

Dem konnte der Autor nicht widersprechen. „Aber zurück zum Problem. Irgendwie muss ich Phoebe Saw beschäftigen, wenn wir mal nicht mit meiner Lieblingssportart beschäftigt sind.."

„Saw ... Saw ... hm, da war doch mal etwas...", murmelte der Autor.

„Saw heißt auf deutsch Säge. Ist mir auch schon aufgefallen; hoffen wir das Phoebe keine zu große Nervensäge ist", entgegnete Murat.

„Nein, das ist es nicht. Da war irgendwas; ach ja! Der 'Screamsaw'-Killer! Die Medien haben vor Kurzem über ihn berichtet. Warum bearbeiten du und Phoebe in eurer bettfreien Zeit nicht einfach den Screamsaw-Fall? Ist zwar unwahrscheinlich, dass Ihr ihn löst, aber probieren kann man es ja. Und Phoebe ist beschäftigt. Spannend kann so eine Ermittlung allemal sein. Aber ich würde nicht gleich nach dem Beischlaf über ausgerechnet dieses Thema reden. Wenn schon reden, dann vorher über alle möglichen belanglosen Dinge. Das 'Screamsaw'-Thema hebt man besser eher bis zum Schluss auf; wenn einem sonst nicht mehr allzu viel einfällt oder so..."

„Gute Idee. Also erstmal etwas Small Talk und später bearbeiten wir den Schreisägen-Fall. Ja, warum nicht?", stimmte Murat zu und holte sein Handy hervor.

Dann überprüfte er etwas und verkündete: „Die Behörden haben sogar eine Belohnung von 20.000 Euro ausgesetzt. Wenn wir den Fall lösen, kassiere ich die 20.000 Euro und Phoebe bekommt als Belohnung Sex mit mir."

„Das klingt total fair."

„Finde ich auch. Aber jetzt sollten wir langsam los. Du wolltest doch mit mir dieses italienische Lokal ausprobieren."

„Ja, dort gibt es Wenibergschnecken. Habe ich noch nie gegessen. Mal sehen wie die schmecken", meinte der Autor.

*

Am nächsten Tag holte Murat Phoebe beim Flughafen ab. Sein Bus hatte sich verspätet, aber das war kein Problem, denn das Flugzeug kam ebenfalls zu spät und so verpassten er und Phoebe sich nicht. Phoebe begrüßte ihn mit herzlichen Küssen und erzählte ihm gleich wie es ihr ging: „Mann, der Flug war vielleicht seltsam. Ein Typ meinte zu mir: 'Ich steh auf Briefmarken; ich würde dich gerne ablecken und dann geht die Post ab'. Bevor ich etwas darauf antworten konnte, wurde er von einem anderen Typen dafür als Schwein beschimpft und die beiden prügelten sich. Dabei stießen sie einen riesigen Koffer um und der ganze Inhalt fiel heraus. In dem Koffer war auch so ein weißes Pulver; Mehl glaube ich. Ich verstehe nicht wozu jemand bestimmt an die 50 Kilo Mehl nach Deutschland mitbringt? Ist das mit den Lebensmittelpreisen hier denn inzwischen wirklich so schlimm?", fragte Phoebe.

Wenn selbst Phoebe von den Problemen etwas mitbekommen hat, sind sie echt übel geworden, dachte Murat, während Phoebe weiter erzählte: „Auf jeden Fall landeten die zwei Prügelknaben auf der gigantischen Mehltüte und diese platzte. Wir alle bekamen etwas ab und den Rest des Fluges habe ich viele schöne Farben gesehen."

„Vielleicht war das gar kein Mehl", überlegte Murat.

„Was denn sonst? Es sah doch aus wie Mehl und die Leute von der Flugsicherheit haben es selbst probiert. Sie zogen es sich mehrfach durch die Nase um sicherzugehen und verkündeten immer wieder: 'Mehl'."

„Aber Phoebe, mit Mehl backt man Brote; man zieht es sich nicht durch die Nase."

„Na hör mal, ich bin neu in diesem Land. Da kann ich doch unmöglich alle Sitten kennen."

„Das ist keine Sitte, sondern eine Unsitte; aber gut. Ich schlage vor, wir fahren erstmal zu mir. Dort wartet eine ganz besondere Überraschung auf dich."

„Wie schön. Aber wir schlafen dort auch mit einander, oder?"

„Äh... ja, das sollte eigentlich die 'ganz besondere Überraschung' sein", meinte Murat.

„Aber das ist doch gar keine Überraschung."

„Na gut, tatsächlich hätte ich noch eine, aber die verschieben wir auf später."

„Okay", sagte Phoebe, hackte sich bei Murat unter und gemeinsam verließen sie den Flughafen.

*

Einige (für Murat seht zufriedenstellende) Zeit später stellte er seinem Gast den „Screamsaw"-Fall vor. Zuvor hatte er Phoebe noch ein wenig von seinem Leben in Berlin berichtet. Im Gegenzug erzählte sie ihm von Amerika; dem Land der unbegrenzten Dummheiten. Irgendwann ging ihnen aber der Gesprächsstoff aus; zuletzt erzählte Murat ihr, wie er einst als Kind ins „Spieleparadies" wollte, aber der Typ im Eingangsbereich meinte, dass es Eintritt kostete. Also verpasste Murat ihm einen Tritt und da er darüber alles andere als begeistert war, hielt er es für besser abzuhauen. Und weil das nicht sonderlich interessant war, begann Murat schlussendlich doch mit dem „Screamsaw"-Fall. Phoebe war an den Ereignissen durchaus interessiert und meinte: „Der Täter heißt ja mit Nachnamen genauso wie ich. Könnte es sein, dass wir mit einander verwandt sind? Möglich wär's, aber mir ist leider kein Familienmitglied bekannt, dass Scream

mit Vornamen heißt. Ich kann aber gerne mal meinen
Patenonkel anrufen oder meinen Onkel Jason..."
„Nicht nötig Phoebe, die Polizei hat den Fall nur so
genannt. Das hat nichts mit der Identität des Täters zu
tun", entgegnete Murat abwinkend.
„Na gut, aber wie ermitteln wir jetzt in dem Fall?"
„Zunächst einmal sehen wir uns ein paar Medienberichte
an, sammeln Hinweise und schauen auch was die Polizei
so alles dazu schreibt", erklärte Murat.
Also saßen sie zu zweit vor Murats Laptop und schauten
neugierig auf den Bildschirm. Phoebe setzte ihr
Nachdenkgesicht auf und sah tatsächlich sehr nett aus, als
sie versuchte ihr Gehirn zu benutzen. Zusammen mit
Murat gingen sie einige Berichte zu dem Fall durch, aber
das Ganze war alles andere als aufschlussreich. Sogar
Phoebe stellte irgendwann fest, dass die Zeitungen alle
von einander abgeschrieben hatten. „Und deswegen kaufe
ich mir so einen Dreck auch nicht", meinte Murat.
Zum Schluss gingen sie auf eine Webseite der Polizei.
Dort stand nicht viel zu dem Fall, aber es wurde noch
einmal auf die Belohnung von 20.000 Euro verwiesen.
Murat klickte sich immer mehr durch und landete
irgendwann zufällig auf einer internen Anmeldeseite.
„Hm. Wenn ich hier hinein könnte, bekämen wir bestimmt
interne Informationen über den Fall. Blöd nur das es
passwortgeschützt ist."
„Und wenn du einfach mal ein paar Passwörter
ausprobierst? Ich stand als Kind mal vor einem
verschlossenen Bankhaus und habe einfach so lange
wahllos Zahlen eingegeben, bis die Tür aufging", erinnerte
sich Phoebe.
„Na gut", stimmte Murat zu.

Um Phoebe eine Freude zu machen gab er als Passwort das Wort „Passwort" ein. „Und wir sind drin", stellte Murat ein wenig überrascht fest.

Sogleich schauten sie sich nach den Akten zum „Screamsaw"-Fall um. Leider waren alle Akten gelöscht worden. „Hä. Warum löschen die so eine wichtige Akte?", fragte Murat.

Zur Probe klickte er auf irgendeine andere Akte und auch dort fehlte der Inhalt. „Sowas Blödes", meinte er nur, meldete sich wieder ab und beschloss mit Phoebe im Internet weiter zu suchen.

Kurz darauf tauchte im Netz eine aktuelle Nachricht auf. Offenbar hatten Klimaaktivisten die Datenbänke der Polizei gehackt und alles Mögliche gelöscht, um auf ihr Anliegen aufmerksam zu machen. Die Behördenbosse sowie einige Politiker verkündeten daraufhin, dass Klimaschutz sehr wichtig sei und es auch richtig sei für dieses Anliegen zu protestieren, aber dass es nicht sehr nett ist die Polizei deswegen bei ihrer wichtigen Arbeit zu behindern. Außerdem werde man nun ein klärendes Gespräch mit den Klimaaktivisten führen. Vielleicht nach einer gemeinsamen „Bunt statt braun"-Demo.

„Tja, so wird das irgendwie nichts", stellte Murat fest.

„Und was machen wir jetzt?", fragte Phoebe.

„Also ich weiß was wir die nächsten zwanzig Minuten nochmal machen können, aber danach..."

Murat überlegte kurz. Er hatte nicht wirklich Lust Phoebe etwas vorzulesen; außerdem hatte er keine Ahnung, wo das von seinem Kumpel erwähnte Lassie-Buch eigentlich gerade lag. *Ein paar Bücher habe ich in den Keller gebracht; aber da unten müsste ich sie auch erst suchen. Ah, ich hab's.*

„Phoebe, wenn du magst können wir ein wenig spazieren gehen. In der Nähe gibt es einen netten Flohmarkt und ich glaube du teilst das Interesse deines Onkels Harris für Geschichte. Vielleicht finden wir da ja etwas schön Historisches", schlug Murat vor.

„Bin dabei."

Eine halbe Stunde später machten sie sich auf den Weg.

*

Auf dem Flohmarkt angekommen fand Murat ein paar interessante Bücher. Eines davon hielt er grade in der Hand und dachte: *'Sprechen wir über Preußen' von Joachim Fernau. Das wäre was für meinen Autorenkumpel, den guten alten Preußen. Oder aber, falls er es schon hat, etwas für Julius. Ich kaufe es.*

Da fiel Phoebe etwas in der Kiste neben der Bücherkiste auf. Während Murat für mehrere Bücher einen schmalen Taler hinlegte, nahm Phoebe etwas aus der Kiste und sagte: „Das hätte ich gerne."

Murat sah es sich an. Es war eine schwarze Acht vom Billiard, aber nur auf den ersten Blick. Ein Teil der Kugel beinhaltete nämlich ein Fenster, in dem ein Stein zu sehen war, auf dem „Ja" stand. „Teste doch erstmal ob sie funktioniert", sagte er wohlwollend zu Phoebe.

Phoebe schüttelte diese magische schwarze Acht und fragte: „Magische Kugel, soll ich dich kaufen?"

Die Kugel sagte: „Ja."

Also kaufte Phoebe sich die Kugel und der Händler freute sich. Murat und Phoebe futterten an einem

↙ ↙ ↙ ↙ ↙ ↙ ↙ ↙ ↙ ↙ ↙ ↙ ↙ ↙ ↙ ↙ ↙ ↙ ↙ ↙

Currywurststand noch ein paar Pommes und gingen dann wieder nach Hause. Im Haus angekommen warteten sie am Fahrstuhl. „Magische schwarze Acht, soll ich die Treppe nehmen?", fragte Phoebe.

Die Kugel sagte: „Ja."

„Komm Murat, wir nehmen die Treppe."

Murat wollte schon wenig begeistert mit gehen, da fiel ihm ein: „Moment, du hast die Kugel gefragt, ob du die Treppe nehmen sollst. Nach mir hast du sie nicht gefragt."

„Stimmt. Magische schwarze Acht, soll Murat die Treppe nehmen?"

Die Kugel sagte: „Nein."

Murar freute sich, nahm den Fahrstuhl und wartete oben auf Phoebe. Als auch sie oben angekommen war, gingen sie wieder in die Wohnung und Phoebe meinte: „Mit der Kugel könnten wir vielleicht den Screamsaw-Fall lösen."

„Wie denn das?"

„Na wir könnten ein Telefonbuch nehmen und bei jedem Namen nachfragen ob das der Täter ist."

„Oder wir fragen erstmal nach, ob der Täter überhaupt im Telefonbuch steht", schlug Murat vor.

„Magische schwarze Acht, steht der 'Screamsaw'-Killer im Telefonbuch?", fragte Phoebe und schüttelte die Kugel.

Die Kugel sagte: „Nein."

„Hätte mich auch gewundert. Heutzutage stehen vor allem Unternehmen in Telefonbüchern; zumindest in denen die überhaupt noch hergestellt werden."

„Wo wurden nochmal die Leichen gefunden?", fragte Phoebe.

„Hier in Berlin, im Grunewald."

„Dann ist es doch nicht ausgeschlossen, dass der Täter aus Berlin kommt. Oder aus einem der umliegenden Staaten.

New York hat ja auch Nachbarstaaten."

„Bei uns heißen die aber nicht Staaten, sondern Bundesländer. Und wir haben nur ein Bundesland um uns herum, Brandenburg. Eines der fünf oder fünfeinhalb Bundesländer, die früher zur DDR gehörten. Diese Erfahrung hat die Menschen dort hellhörig gemacht, wenn es um totalitäre Tendenzen in Staat und Gesellschaft geht und ihre Abwehrreaktionen dagegen gestärkt."

„Also Brandenburg. Magische Kugel, ist der Täter in Brandenburg?"

Die Kugel sagte: „Nein."

„Magische Kugel, ist der Täter in Berlin?"

Die Kugel antwortete: „Ja."

„Ja! Er ist in Berlin! Murat, hol eine Karte von Berlin oder so. In New York gibt es verschiedene Stadtteile. Wie ist das bei euch?", fragte Phoebe.

Während Murat eine Karte von Berlin auf seinem Handy heraussuchte, sagte er: „Wir haben verschiedene Bezirke."

„Bezirke also. Haben die so Namen wie 'Westside' oder 'Eastside'?"

„Nein, die meisten sind nach Städten benannt, weil sie früher streng genommen selbst mal Städte waren. Einer wurde zum Teil nach den Tempelrittern benannt, ein anderer nach seiner zentralen Lage und manche Gegenden wie Friedrichshagen waren zwar mal eigenständige Orte, haben aber keinen nach ihnen banannten Bezirk bekommen."

„Okay, dann gehen wir jeden einzelnen Bezirk durch."

Gesagt, getan. Irgendwie schafften sie es sich den Bezirk Neukölln bis zum Schluss aufzuheben, aber als Phoebe die Kugel danach fragte, ob der Killer seine Basis in Neukölln habe, antwortete die Kugel mit „Ja".Also suchte Murat die verschiedenen Teile Neuköllns heraus; in Britz und Buckow war der Killer schon mal nicht zu finden. Schlussendlich schafften sie es den vermeintlich richtigen Teil herauszufinden und gingen im Anschluss Straße für Straße durch. *Eigentlich ist das völlig absurd. So finden wir den Killer doch nie. Andererseits... ist ein Flaschengeist nicht genauso absurd?*, überlegte Murat, kurz bevor sie die richtige Straße fanden.

Dann nahmen sie sich die Hausnummern vor. Bei der Nummer 18 sagte die Kugel „Ja". „Juhu! Wir haben es geschafft! Jetzt wissen wir, wo der Killer sein Versteck hat!", freute sich Phoebe.

„Und was jetzt?"

„Na wir rufen die Polizei."

„Und was sagen wir der Polizei? Das wir den Täter mit Hilfe einer magischen Kugel gefunden haben? Nein, Phoebe, das glauben die uns nicht. Ich kenne überhaupt nur einen der so verrückt wäre uns das zu glauben", meinte Murat und griff zum Telefon.

Er rief den Autor an.

*

Eine Stunde später trafen sie sich mit Murats Künstlerkumpel und dieser hatte auch ein paar nette Waffen mitgebracht. „So. Zwei nette AK47 für dich und mich", sagte der Schriftsteller und reichte eine davon seinem Kumpel Murat.

„Und was kriege ich?", fragte Phoebe.

„Diesen Flummi. Eine gefährliche Waffe; krieg so ein

Ding mal mit voller Wucht gegen die Birne", antwortete der Autor und reichte Phoebe einen Flummi aus Gummi.

„Toll", freute sich Phoebe.

„Also dann, brechen wir auf."

Wenig später standen sie vor dem Gebäude, bei welchem es sich um ein Lagerhaus am Hafen handelte. Die Tür war nicht verschlossen und so spazierten die drei einfach hinein. „Verdammt, Euch drei kenne ich doch! Was macht Ihr denn hier?", wurden sie plötzlich von der blonden Vampirin Honor Blood begrüßt[2].

„Wir suchen den Screamsaw-Killer", verkündete Phoebe stolz.

„Bist du etwa der Killer?", fragte Murat skeptisch.

„Äh ... nein ... ich würde doch niemals Politiker in den Tod treiben. Gut, als wir in Griechenland waren habe ich etliche Leute geschlachtet, aber das war ja irgendwie Notwehr und außerdem ..."

„Ach komm, du bist der Täter, oder besser gesagt die Täterin. Fotos von dem Video wurden in den Zeitungen veröffentlicht und ich erkenne die Wände des Gebäudes wieder", stellte der Autor fest.

„Keine Bewegung!", rief das plötzlich jemand hinter ihnen.

Es war Oberkommissar Schubert und er hatte seine Waffe auf die Gruppe gerichtet. „Da staunen Sie, was? Zwar haben diese Klimaaktivisten viele Daten unserer Behörden vernichtet, aber dank einer intensiven Suche meinerseits konnte ich dieses Lagerhaus hier trotzdem finden. Bei einem der Videos im Hintergund war eine

---

2 Sie kennen sich ja aus der ersten Kurzgeschichte des Sammelbandes „Der kleine Gatsby, Honor Blood, Indianer Joneson und das Ras der Scheiße".

Wandgeschmiere von einer Gand zu sehen, die hier in der Gegend ihr Unwesen treibt. Und dann sah ich diese beiden Herren hier mit AK47-Gewehren herumlaufen und zählte zwei und zwei zusammen und ... Moment mal! Kenne ich Sie nicht von diesem Fall damals in Pommern, wo wir alle einen Mehrfachmord bearbeiteten?", fragte Schubert an Honor gewandt[3].

„Ja, ich komme eben viel herum. Und offensichtlich bin ich dem Killer auch auf der Spur", meinte Honor.

„Unsinn! Sie ist ganz bestimmt selbst der Killer!", rief Phoebe aus.

„Das können Sie aber nicht beweisen. Alles was Sie beweisen können, ist das ich dabei war als ein Mordfall in Polen aufgeklärt werden musste. Und das ich hier bin. Was aber auch auf die drei Personen dort drüben zutrifft", sagte Honor und zeigte auf Murat, Phoebe und den Autor.

„Und wenn die drei deswegen hier sind, warum nicht auch ich. Immerhin können Sie selbst Herr Schubert bestätigen dass ich in Mordfällen ermittle. Und selbst wenn Sie beweisen könnten, dass ich der Screamsaw-Killer wäre, was würde das bringen? Die eine Politikerin wurde, wie aus dem Video hervorgeht, von ihrer eigenen Genossin umgebracht und die andere hat sich selbst getötet. Alles was meine Festnahme für Sie bedeuten würde, wäre jede Menge unnötige Bürokratie, unnützer Papierkram und Sie müssten obendrein vor Gericht aussagen. Sofern es bei der dünnen Beweislage überhaupt zu einer Verhandlung komme. Hinzu kommt auch noch die Tatsache, dass ich einen Migrationshintergrund habe; ich stamme ja

---

3 In dem Krimi „Mord in Pommern" ermittelten Schubert und Blood gemeinsam mit mehreren Detektiven aus anderen Ländern.

ursprünglich aus Rumänien. Das wiegt bekanntlich schwer bei der heutigen Staatsmacht", erklärte Honor.

Angesichts der Tatsache das sie in Griechenland problemlos eine ganze Armee abgeschlachtet hat, sollten wir ihr vielleicht einfach zustimmen, dachte Murat und sagte daher: „Ich denke, da hat sie irgendwie recht."

Der Autor nickte. Schubert murrte und sagte schließlich: „Da ist was dran. Sie könnten aus demselben Grund hier sein wie ich. Und warum hätten Sie die Politikerinnen auch entführen sollen?"

„Keine Ahnung. Warum sollte man versuchen dumme Menschen durch das Lösen von Rätseln klüger zu machen? Das wäre doch, wie der vorliegende Fall zeigt, völlig sinnlos und daher unnötig zu widerholen. Bei den Machthabern ist ohnehin Hopfen und Malz verloren", meinte Honor und zuckte die Achseln.

„Och, jetzt kriegen wir keine 20.000 Euro Belohnung", klagte Phoebe.

Da fing Oberkommissar Schubert an zu lachen. „Was ist daran denn so lustig?", fragte Murat skeptisch.

Schubert unterbrach sein Gelächter und meinte: „Sie glauben doch nicht im Ernst, dass der Staat einem Belohnungen tatsächlich auszahlt? Hatten Sie die letzten 25 Jahre etwa Tomaten auf den Augen?"

„Jetzt wo er das sagt, klingt das irgendwie logisch. Als ob der Staat jemals etwas zu Gunsten von uns kleinen Leuten tun würde. Der Staat von Bismarck oder Atatürk vielleicht, aber der in dem wir heute leben? Ganz gewiss nicht. Hier fällt jede Entscheidung zu unseren Ungunsten", entgegnete der Autor.

„Na gut, damit ist ja dann alles klar. Gehen wir wieder nach Hause", meinte Murat und wollte sich gerade bei

Phoebe unterhaken, als Honor frech grinsend meinte:
„War schön, euch alle mal wieder zu sehen. Ich ziehe jetzt
los und suche weitere Hinweise auf den Screamsaw-Killer.
Hier war irgendwie nichts zu finden."
Dann verschwand sie als Erste durch die Tür und als die
anderen das Gebäude wieder verließen war sie bereits
weg. *Sie war's ganz bestimmt*, dachte Murat nur.
Murat, Phoebe und der Autor wollten sich ebenfalls auf
den Weg machen, da meinte Oberkommissar Schubert:
„Sie drei könnte ich theoretisch wegen unerlaubten
Waffenbesitzes verhaften, aber wenn ich bedenke was in
Berlin so alles frei herumläuft, sehe ich nicht ein, warum
ich mir die Mühe machen soll. Aber seien Sie so gut und
halten Sie die Waffen in Zukunft etwas besser bedeckt."
„Alles klar. Machen wir", meinte Murat und die Waffen
wurden mit den Jacken ihrer Träger bedeckt.
Phoebe versteckte ihren Flummi in der Jackentasche.
Schubert machte sich auf den Rückweg zum Revier und
murmelte: „Hätte ich mich bloß nicht breitschlagen lassen,
heute doch wieder arbeiten zu gehen. Alles nur weil zu
Hause Klopapier und Lebensmittel alle waren und ich
deswegen beides auf dem Revier klauen und von dort zu
mir nach Hause schaffen musste. Bei der Arbeit musste ich
dann unbedingt diesen Hinweis entdecken, dem es
natürlich nachzugehen galt. Mir reichts. Morgen feiere ich
wieder krank. Zur Not so lange bis die mich feuern. Dann
lebe ich eben von Bürgergeld und eventuell später
Grundsicherung. Das was aus meiner einstmals geliebten
und bewunderten Polizei geworden ist, will ich keine
Sekunde länger als nötig mit ansehen. Ich betrinke mich
jetzt erstmal im 'Jägerstübchen' und lese am Abend ein
paar Bücher von Leuten, die in der DDR den Mund

aufgemacht haben; wäre schön wenn heute auch mehr Leute den Mut dazu hätten..."

Nachdem Schubert weg war, spazierten Phoebe, Murat und der Autor gelassen durch die Gegend. Plötzlich tauchten ein paar finstere Gestalten auf. „Ey, was sucht ihr hier?! Das ist unser Revier!", keifte einer der Typen die drei an.

Die Bande bestand aus sieben Arschlöchern, die ruck zuck ihre Waffen zogen. Murat und der Autor zogen ihre AK47er und ballerten die Typen nieder. Da kamen etliche andere auch aus irgendwelchen Löchern gekrochen und Phoebe warf ihren Flummi mit voller Wucht gegen einen der Kerle. Der Typ hatte eine Knarre und als ihn der Flummi am Kopf traf, ging die Waffe los und erwischte einen nahegelegenen Tankwagen. Dieser flog in die Luft und brennende Teile flogen wie Geschosse in Richtung einer nahegelegenen Tankstelle. Mehrere Zapfsäulen wurden getroffen und die Tankstelle ging hoch. Sie riss etliche Gasleitungen mit sich, die ebenfalls ein gewaltiges Feuerwerk verursachten. Rasch schnappte sich Murat einen Rettungsring und sprang mit Phoebe sowie dem Autor ins Wasser. Um sie herum war es als ob die Welt unterginge. Halb Neukölln flog vor ihren Augen in die Luft. „Wow. Das ist die zweitschlimmste Kettenreaktion, die ich je gesehen habe", meinte der Autor.

„Ach, nur die zweitschlimmste", kommentierte Murat.

„War ich das etwa?", fragte Phoebe, während sich alle drei am Rettungsring festhielten.

Mit einer Hand strich sie sich das klatschnasse Haar aus dem Gesicht und Murat dachte: *Na wenigstens ist sie hübsch.*

Während es in Neukölln immer weiter knallte, beschloss

Murat: „Wir sollten vorsichtig in die Richtung schwimmen, in der nichts brennt und hochgeht. Aber lasst den Rettungsring auf keinen Fall los."

Aber weil Phoebe dumm wie Brot war und mit den Füßen immer in die falsche Richtung paddelte, kamen sie nicht vom Fleck. Nach zwei Minuten gaben sie auf und warteten einfach am. „Gut, schonen wir eben unsere Kärfte. Irgendwann ist alles nieder gebrannt", meinte Murat. Währenddessen hatte Oberkommissar Schubert Neukölln längst verlassen. Ihm fiel zwar auf das es aus dieser Richtung Lärm gab, aber er ignorierte ihn und machte sich auf den Weg zu seiner Stammkneipe. Honor Blood hingegen bemerkte den Bezirksuntergang hinter sich, drehte sich aber nur kurz um, schaute sich das Ganze an und lachte. Dort wo der Rauch besonders weiß war, brannte gerade ein großes Drogenversteck.

Honor machte sich auf den Heimweg, während zumindest dort wo die Katastrophe ihren Anfang genommen hatte das Feuer langsam nachließ. Murat, Phoebe und der Autor kletterten kurz mit dem Rettungsring aus dem Kanal, um einen besseren Überblick zu bekommen. Da kam der Flummi auf Phoebe zugerollt, sie hob ihn auf und verkündete zufrieden: „Der Flummi ist heil geblieben."

„Nimm ihn mit", meinte Murat nur und winkte ab.

„Da drüben! Da wo der Kanal eine Kurve macht. Da ist ein Schild. Ich glaube, da steht etwas von Booten", stellte der Autor fest und zeigte in die entsprechende Richtung.

„Vom Wasser aus nicht zu sehen. Gut, wir laufen hin, aber wir nehmen den Rettungsring mit", fand Murat.

Gesagt getan. Knapp zwei Minuten später erreichten sie die Kurve und dahinter waren tatsächlich mehrere Boote angebracht. Rasch bestiegen sie eines davon, lösten die

Taue und ruderten in die Mitte des Kanals. Im Anschluss ruderten sie immer weiter vom Ort des Geschehens fort, bis sie schließlich irgendwo in der Nähe von Murats Wohngegend ankamen. Dort stiegen sie aus und gingen erstmal zu Murat, um sich vom Kanalgeruch zu befreien. Im Anschluss ließen sie sich alle auf's Sofa fallen und ruhten sich aus.

*

Spät in der Nacht wachten sie nacheinander auf und Murat schaltete den Fernseher ein. In den Nachrichten wurde darüber berichtet, dass ungefähr ein Drittel Neuköllns niedergebrannt oder in die Luft geflogen war. Wegen der Klimakleber war die Feuerwehr viel zu spät vor Ort, um noch Gebäude zu retten. Immerhin; das Denkmal für Turnvater Jahn im Volkspark Hasenheide stand noch, obwohl einige brennende Drogendealer schreiend an ihm vorbei gerannt waren.

„Wie lange bist du jetzt in Berlin, Phoebe?", fragte der Autor.

„Ich glaube so drei Tage", antwortete Phoebe.

„Aha", murmelte der Autor und nickte.

Phoebe holte den Flummi hervor und warf ihn. „Nein!", riefen Murat und der Autor gleichzeitig, aber es passierte nicht mehr, als dass er am Boden und dann an der Wand abprallte und wieder in Phoebes Hand landete.

„Ich glaube, ich werde langsam richtig gut mit dem Ding", meinte Phoebe.

„Toll für dich", entgegnete Murat und klopfte ihr auf die

Schulter.

Kapitel 2: Auf der Jagd nach dem blauen Höcke

Ohne Michael Douglas, ohne Danny DeVito und ohne Kathleen Turner. Aber mit Murat und Phoebe. Und wie heißt es so schön: „Wer findet einen Freund, der findet einen Schatz" wie der Film „Zwei Asse trumpfen auf" mit Bud Spencer und Terence Hill eigentlich heißt.

Die Aufräumarbeiten in Neukölln dauerten eine ganze Weile an. Es wurden Freiwillige gesucht und niemand meldete sich. Es wurden Freiwillige gegen Bezahlung vom Staat gesucht und ein paar Wenige meldeten sich. Dann wurden Freiwillige gegen steuerfreie Bezahlung im Voraus gesucht und sehr viele Leute meldeten sich. Zwei davon waren Murat und Phoebe. Bei den Aufräumarbeiten achteten sie darauf nicht zu viel zu ackern, aber dafür umso mehr kostenlose Getränke abzugreifen und die Pfandflaschen heimlich mit zu nehmen. Irgendwann war ihnen jedoch auch das zu anstrengend und so zogen sie sich in Murats Wohnung zurück. Dort hatte Murat sich endlich dazu durchgerungen im Keller nach den Büchern zu sehen und für Phoebe das Lassie-Buch herausgesucht. Tatsächlich war sie begeistert von den Bildern, aber Murat wollte etwas Anspruchsvolleres haben. Da er alle Bücher bei sich im Keller und auch in der Wohnung jedoch schon kannte, tat er zwei Sachen. Erstens sortierte er ein paar davon aus, um sie demnächst an eine Gebrauchtbuchhandlung weiter zu verkaufen und zweitens bat er seinen Autorenkumpel ihm etwas Anspruchsvolleres zu leihen. Dieser lieh ihm daraufhin ein handsigniertes

Werk von dem patriotischen Politiker Höcke. „Heißt der nicht eigentlich Bernd mit Vornamen?", fragte Murat.

„Ach, bitte. Der Witz ist so alt, dass inzwischen sogar Höcke selbst darüber lacht; ganz zu schweigen von den konservativen youtubern, die ebenfalls Witze darüber reißen wie flach der linke Humor ist", meinte der Autor und winkte ab.

„Nein, ich meinte das ernst. Ich dachte wirklich sein Vorname wäre Bernd, weil das immer wieder so gesagt wurde."

„Ach so; na ist ja auch egal. Es gibt übrigens wirklich einen Bernd Höcke; der hat sogar einen Wikipediaeintrag. Frage mich was der dazu sagt? Aber gut, das ist nicht meine Angelegenheit. Ich wünsche dir auf jeden Fall viel Spaß beim lesen, Murat."

„Was findest du eigentlich an dem Höcke so gut? Viele mögen ihn ja nicht."

„Gut finde ich, dass er dafür eintritt, dass unser Land, unser Volk und unsere Kultur erhalten bleiben sollen. Ihm sind, ebenso wie mir, Heimat, Familie, Tradition und all die alten preußischen Tugenden sehr wichtig. Weniger gut finde ich, dass er immer noch an die Demokratie und den Rechtsstaat glaubt und Entenhausen sehr skeptisch sieht. Letzteres ist womöglich darauf zurück zu führen, dass er da einfach die falschen Geschichten gelesen hat und wenn er mal die von Don Rosa oder Carl Barks liest, wird er wohl seinen Fehler einsehen; aber er glaubt halt wirklich daran das Rechtsstaat und Demokratie irgendwo auf der Welt funktionieren und auch bei uns funktionieren. Recht hat aber eben leider wer Macht hat. Aber immerhin sieht er die Probleme in unserem Land und will sie lösen."

„Aber werden das diejenigen zulassen, die der

'demokratische Rechtsstaat' in seine Partei eingeschleust hat? Ganz zu schweigen von all denen die wirklich nur Karriere machen wollen?", fragte Murat.

„Das weiß letzten Endes nur der liebe Gott. Vielleicht verhindern sie es, vielleicht triumphiert er über sie. Nur Gott kennt die Antwort, aber ich persönlich glaube zumindest hier in Berlin ist mit seiner Partei kein Blumentopf mehr zu gewinnen. Aber gut; lies sein Buch und mach dir ein Bild von ihm. Schaden kann es ja nicht", meinte der Autor.

Murat nahm das blaue Buch entgegen und entgegnete: „Na dann werde ich ihn mal lesen, den blauen Höcke. Schauen wir mal wie das so ist..."

Sein Künstlerkumpel verabschiedete sich kurz darauf wieder und widmete sich erneut den mühevollen Schreibarbeiten, die seiner Zunft zu eigen sind. Murat schaffte es tatsächlich relativ schnell das Buch von Höcke fertig zu lesen. Zwar störte es ihn, dass der Autor manchmal ein paar schwierige Worte einstreute, aber die übersprang er meistens einfach. Alles in allem las es sich recht flüssig, auch wenn der Leser zwischendurch murmelte: „Der Mann ist offenkundig Lehrer und sehr gebildet und das will er den Leser durch komplizierte Worte auch wissen lassen. Aber mit einigen Dingen hat er durchaus recht. Es ist ja auch selbstverständlich, dass man das eigene Volk und die eigene Kultur erhalten möchte. Man stelle sich einmal vor, in der Türkei würden Grüne herumlaufen mit Schildern auf denen 'Türkei verrecke' steht. Das würden die keine fünf Minuten machen..."

Während Murat so in seinen Bart murmelte, schlief Phoebe neben ihm tief und fest. Irgendwann hatte Murat das Buch vollständig gelesen und konnte im Anschluss nicht schlafen. Also schaute er sich auf youtube „Blaue Bohnen für ein Halleluja" mit Rita Pavone und Terence Hill an. Er wusste nicht so recht was er davon halten sollte; es war einer der beknacktesten Filme, die er je gesehen hatte. Aber andererseits war es ein wenig wie bei „Sharknado"; der Film wusste, dass er beknackt war und war sogar noch stolz drauf. „Und ist das nicht auch irgendwie wieder gut? Wenn ein Werk weiß, dass es bescheuert ist und auch noch stolz drauf ist?", überlegte Murat.

Nach dem Film konnte er immer noch nicht pennen und schrieb eine kurze Mail an seinen Autorenkumpel: „Habe das Höcke-Buch fertig gelesen. Kannst es Mittwoch gerne abholen kommen."

Das Buch hatte er zur Seite gelegt.

*

Ein paar Tage später war es Mittwoch und der Schriftsteller kam bei Murat vorbei und wollte das Buch abholen. „Und mein guter alter Preuße? Was hast du die letzten Tage so getrieben?", fragte ihn Murat.

„Nicht viel. Habe ein paar Zoohandlungen besucht und den Papageien dort beigebracht zu sagen 'Höcke wählen'."

„Oh mann, Alter", sagte Murat nur und lachte.

„Einer der Angestellten hat das kurz darauf mitbekommen. Nicht direkt wie ich es den Vögeln beibrachte, sondern nur wie die Vögel es sagten. Daraufhin wollte er sie umlegen. Der ist richtig ausgeflippt; sah auch aus wie einer von der Antifa. Er öffnete die Käfigtüren und alle Vögel flogen heraus. Einer kackte ihm beim Hinausfliegen mitten in die Augen, woraufhin er Panik bekam und in die ganzen Glaskästen mit den giftigen Spinnen fiel. Ich weiß, du bist nicht religiös, Murat. Aber ich bin mir sicher, dass ich in diesem Augenblick Ernst Thälmann im Jenseits gesehen habe, wie er die Augen zusammenkniff, den Kopf schüttelte, sich genervt wegdrehte und meinte: 'Und sowas nennt sich heutzutage links.'"

„Was ist dann mit den Vögeln passiert?"

„Na ja, die sind durch den Laden geflogen und da die Türen vom Eingangsbereich Bewegungsmelder haben und sich die Vögel natürlich bewegen, gingen sie auf und die Vögel flogen hinaus. Jetzt fielgen ungefähr 20 Papageien durch Berlin und machen Wahlwerbung für Höcke."

Murat lachte. „Willst du gar nicht wissen, was aus dem Linken geworden ist?"

„Ich nehme an, der wünscht sich jetzt Spucke auf dem Dreizack?"

„Richtig", antwortete der Autor.

„Mann, die Folge damals war so gut. 'Two and a half Man' mit Charlie Sheen war einfach der Hammer. 'Glaub mir Charlie, du willst Spucke auf deinem Dreizack'. So fies. Und die Bräute erst; der Wahnsinn."

„Was für Bräute?", fragte Phoebe, die gerade etwas verschlafen aus dem Schlafzimmer kam.

„Äh, die bei so königlichen Hochzeiten. Habe mich gerade mit meinem Kumpel hier an die Hochzeiten von den royalen Paaren in England erinnert", meinte Murat.

„Genau. Als überzeugter Monarchist gefällt mir sowas ja sehr gut", entgegnete der Autor und nickte, während er an die Hochzeit von Prinzessin Kate in England dachte, die ihm tatsächlich sehr gut gefallen hatte.

🐦 🐦 🐦 🐦 🐦 🐦 🐦 🐦 🐦 🐦 🐦 🐦 🐦 🐦 🐦 🐦 🐦 🐦

„Tja, wir drüben in den USA haben keine Könige, wir haben eine Demokratie. Aber die Politiker sind alle irgendwie dumm", fand Phoebe.

Wenn selbst Phoebe sie für dumm hält..., dachten Murat und der Autor gleichzeitig.

Phoebe deutete das Schweigen der Beiden jedoch so, dass sie anderer Meinung wären. „Ach kommt schon! Sind die etwa nicht dumm? Sieht die Welt denn aus als ob sie schlau wären?"

„Nein, nein. Da hast du ja durchaus recht, Phoebe", meinte Murat.

„Gut. Dann gönne ich mir jetzt ein Eis. Hast du welches da?"

„Im Gefrierfach."

„Das wird ein ganz besonderes Eis. Ein 'Phoebe, du hast recht Eis'", sagte Phoebe stolz.

„Wie kommt das denn?", fragte Murat.

„War mal eine Idee von Onkel Harris. Jedes Mal wenn ich mit etwas recht habe, soll ich mir zur Belohnung ein 'Phoebe, du hast recht Eis' gönnen."

„Und wie oft hast du dir schon so ein Eis gegönnt?", fragte der Autor.

Phoebe überlegte. Am Fenster flog ein Vogel vorbei. Sie überlegte weiter und entgegnete dann: „Ich glaube, drei Mal."

„Na dann lass es dir schmecken", sagte Murat, woraufhin sich Phoebe freudestralend in die Küche aufmachte und ein Eis futterte.

„Also. Ich bin ja auch wegen dem Buch hier. Hat es dir gefallen?", fragte der Autor.

„Standen schon ein paar sinnvolle Sachen drin. Etwa wenn er die Antifa als 'systemtreu' bezeichnet. Damit hat er ja irgendwie recht. Du erinnerst dich bestimmt noch an unsere Ausbildung und an diese Linken die da mit dir in einem Raum saßen?"

„Natürlich, Murat. Wenn man seine Ansichten gegen fünf Leute gleichzeitig verteidigen muss und dabei immer das Pfefferspray griffbereit hält, vergisst man das nicht."

„Tja, blöd das ich zu der Zeit in einem anderen Lernort untergebracht war. Aber gelegentlich, besonders wenn die Ausbilder mal nicht da waren, konnten wir ja hin und her stromern wie wir wollten. Also war ich auch mal bei dir im Lernort und hörte mit wie diese rote Socke von der linken Jugend, der die Antifa supertoll fand, behauptete es gäbe keinen deutschenfeindlichen Rassismus. Wo ich ihm natürlich gleich widersprach; denn natürlich gibt es diesen Scheiß. Aber so ist das eben; die Politiker behaupten es gäbe keinen deutschenfeindlichen Rassismus und die linken Lemminge plappern es nach. Und die selbsternannten Antifaschisten betreiben selbst immer wieder deutschenfeindlichen Rassismus; wenn sie irgendwo 'Deutschland verrecke' hinschmieren; ist das dann etwa nicht deutschenfeindlich? Oder wenn sie patriotische Deutsche mit Terror und Gewalt bekämpfen? Oder wenn sie regelrechte Stasimethoden gegen Andersdenkende anwenden; etwa wenn sie den Höcke und seine Familie monatelang ausspionieren und dann behaupten es wäre alles bloß Satire. Komisch, wann immer Linksradikale irgendwas Ekelhaftes machen, sagen sie hinterher 'War ja bloß Satire' und dann ist für die Medien, die Polizei, die Staatsanwaltschaft und die Gerichte alles gut."

„Hat bestimmt nichts damit zu tun, dass die entweder alle dasselbe Parteibuch haben oder dieselben Parteien wählen", meinte der Autor ironisch.

„Ja, ganz bestimmt nicht", entgegnete Murat sakastisch.

„Na ja, und was macht die Antifa zum Beispiel gegen den Raubtierkapitalismus? Gar nichts. Stattdessen wird jeder der die negativen Auswirkungen der Globalisierung kritisiert, als 'antisemitischer Verschwörungstheoretiker' hingestellt. Oder gleich als Nazi. Mich hat man sogar schon als Nazi beschimpft, weil ich kritisiert habe das die US-Hochfinanz Hitler Geld gegeben hat. Ich meine, jeder weiß das Henry Ford Hitler mehrfach Kohle geschickt hat; sogar die Mainstreammedien haben darüber berichtet. Jeder kann es nachgoogeln. Und trotzdem wurde ich als Nazi beschimpft, weil ich es kritisiert habe, dass Hitler Geld bekommen hat. Dieser Logik folgend, müsste ich ja gegen Hitler sein, wenn ich dafür wäre, dass Hitler Geld bekam. Dieser Logik folgend müsste die Antifa eigentlich mir jede Menge Geld geben, wenn sie gegen mich als konservativen Monarchisten ist. Aber wer die US-Hochfinanz kritisiert, ist für viele Linke heutzutage ein Nazi. Daran merkt man, wer sich die linken Bewegungen in Deutschland gekauft hat. Ernst Thälmann hätte sich jedenfalls nicht von der Wall Street kaufen lassen; der ließ sich nur von Moskau Geld geben", meinte der Autor.

„Wir halten fest: Die Antifa ist Teil des Systems und der Höcke hat damit recht", entgegnete Murat.

„Richtig."

„Was ich aber in dem Buch nicht verstanden habe, ist folgendes: Höcke schien nicht zu verstehen, warum die Altparteien in ihren eigenen Reihen jeden Reformwillen unterdrücken und als 'rechtsradikal' abstempeln. Dabei ist die Antwort ganz einfach: Die hassen ihr eigenes Volk. Die wollen ihr eigenes Volk weghaben und ihr eigenes

Land auch. Die wollen einen Weltstaat, in dem es keine Völker, keine Nationen, keine Kulturen und keine Religionen mehr gibt. Die haben ihre bekloppte Utopie, bei der ihnen das deutsche Volk im Weg steht und deshalb wollen sie das deutsche Volk abschaffen. Dabei stehen ihnen gut meinende, anständige Reformer in den eigenen Reihen natürlich im Weg und werden deswegen bekämpft."

„Eben Murat. Deswegen schieben sie auch gut integrierte Ausländer, die hier arbeiten, die Sprache lernen und keine Probleme machen einfach ab. Ich lese jede Woche von Fällen, wo ehrliche, anständige Migranten abgeschoben werden. Aber die Drogendealer, Vergewaltiger und Islamisten; die schieben sie fast nie ab. Da heißt es immer, man könne das doch nicht, weil sie in ihrer Heimat angeblich verfolgt würden. Ja! Vielleicht will man sie dort in den Knast stecken, weil sie für den IS tätig waren?! Aber die hübsche, gut deutsch sprechende Libanesin, die hier studiert; die können sie dann problemlos rausschmeißen! Und hinterher wird dann wieder gejammert: Wäh! Wäh! Fachkräftemangel! Ich habe das Gefühl, jeder ehrliche, gut integrierte Migrant müsste in Deutschland so tun als ob er kriminell wäre, damit er hierbleiben darf. Man muss einfach sehen; alles was die Machthaber tun ist gegen das eigene Land und gegen das eigene Volk gerichtet."

„Eben. Bei Höckes Buch hatte ich das Gefühl, dass er das noch nicht so gesehen hat", meinte Murat.

„Na ja, das Buch ist auch von 2018, also inzwischen fast sechs Jahre alt. Inzwischen hat er es gesehen. Er weiß nun, und spricht auch ganz offen aus, dass gegen die Deutschen Krieg geführt wird. Aber immerhin; seine Gedanken über die Partei, die sich als Einzige offiziell 'links' nennt, obwohl die anderen Altparteien es auch sind..., nun seine Gedanken darüber haben sich bewahrheitet. Diese Partei ist eine der Altparteien geworden und entsprechend musste sie ihren Kampf gegen den US-Globalismus, ihre Russlandfreundlichkeit, ihre NATO-Kritik und vieles mehr aufgeben. Inzwischen hat sie sich gespalten und weder die Abspaltung noch das Orginal dürften im nächsten Bundestag vertreten sein. Eigentlich könnte sie sogar nach der widerholten Bundestagswahl in Berlin hinausfliegen, aber irgendwie haben sie es so geregelt, dass die Bundestagswahlwiderholung in Berlin den Bundestag dann doch nicht dahingehend verändert. Wobei die Wahl selbst sowieso einer Bananenrepublik alle Ehre gemacht hätte. Dann musste sie widerholt werden und statt die Bundestagswahl gleich mit zu widerholen, wurde das Ganze weiter verschleppt und jetzt wird sie doch teilweise widerholt."

„Was hast du eigentlich bei den beiden Wahlen gemacht?", fragte Murat.

„Bei der Wahlwiderholung bin ich gar nicht erst wählen gegangen. Und bei der Wahl selbst habe ich meinen Stimmzettel ungültig gemacht und draufgeschrieben: 'Wir wollen unseren alten Kaiser Wilhelm widerhaben!'"

Murat lachte. „Was denn? In Berlin sind für mich alle Parteien unwählbar. Selbst der Partei von Höcke traue ich hier kein Stück weit. Habe etliche dieser Leute kennengelernt. Fleisch vom Fleisch der Union und der FDP. Die machen so gut wie gar nichts, außer auf dem Rücken ihres Parteilogos Posten besetzen. So ziemlich alle ehrlichen, anständigen Patrioten haben sie in Berlin entweder rausgeschmissen oder rausgemobbt. Warum sollte ich diese Leute wählen?"

„Hm. Du könntest nach Thüringen ziehen und den Höcke wählen...", überlegte Murat.

„Diese Stadt ist meine Heimat und wenn ich sie verlasse, ist sie davon nur noch mehr im Arsch."

„Sie ist aber auch im Arsch, wenn Leute wie wir hier bleiben; denk an Neukölln neulich."

„Hey, zum einen waren das Phoebe und ihr Flummi und zum anderen ist es um die Gegend wahrlich nicht schade", entgegnete der Autor.

„Dann besorg dir doch eine Briefkastenadresse in Thüringen. Dann kannst du in Thüringen wählen. Haben die Amis bei der letzten Präsidentschaftswahl doch auch so gemacht. Da waren etliche Joe-Biden-Wähler in mehreren Staaten gemeldet und haben gleich zehnfach für ihren Kandidaten gestimmt", schlug Murat im Scherz vor.

„Das würde in Deutschland nicht funktionieren. Bei uns sind die Melderegister etwas anders."

„Besser als in den USA?"

„Nicht besser, nur anders. Leute die zum Beispiel in Deutschland und Italien leben, beziehungsweise die doppelte Staatsbürgerschaft haben, können bei der EU-Wahl zweimal abstimmen. Aber das klappt innerhalb unserer 16 Bundesländer natürlich nicht", meinte der Autor.

„Na ja, was soll's. Sag mal, warst du schon mal in Thüringen?"

„Zweimal. Beide Male in Erfurt. Aber nur um auf einen Zug zu warten, der mich weiter nach Westen fährt."

„'Westen'. Das Wort schmeckt schon so ekelhaft. Ich mag den Osten ehrlich gesagt viel lieber. Manche Ostdeutschen schauen mich vielleicht schief an, weil ich nicht ihre

Hautfarbe habe, aber keiner von denen hat mich jemals mit 'westlichen Werten' oder anderem Unsinn genervt."

„Wenn sie dich das nächste Mal schief anschauen, sag ihnen einfach das du Atheist bist. Dann freuen sie sich und laden dich auf ein Bier ein. Wenn du Hindu, Jude oder Christ wärst, könnten sie damit auch gut leben. Oder Lamaist."

„Was ist ein Lamaist?"

„Das ist so eine Religion in der Mongolei. Sie nennt sich Lamaismus. Aber um ganz ehrlich zu sein kenne ich nur den Namen. Glaube aber es hat was mit dem Buddhismus zu tun."

„Ach ja, bei der erzählen sie uns auch wie friedliebend die alle wären. Das ist auch wieder so ein westliches Ding; herumhacken auf der angestammten christlichen Religion und dann erzählen wie friedlich alle anderen Religionen wären. Nicht das der Atheismus friedlich wäre; Stalin und Mao waren ja auch Atheisten. Aber versteh mich nicht falsch; der alte Mann, der Dalai Lama, ist durchaus ein guter Kerl. Und friedliebend auch. Aber das heißt nicht, dass die ganze Religion oder ihre Anhänger so drauf sind. Du hattest mir da doch mal was erzählt; über diesen Typen aus Ungarn oder?"

„Äh, nein... ich meinte den Herrn Ungern-Sternberg, der in der Mongolei von einigen Einheimischen als Kriegsgott Ungern-Kahn verehrt wurde. Das war während des russischen Bürgerkrieges, den er und die anderen Weißgardisten dann leider gegen die Roten verloren haben. Tja, hätten die Weißen damals gewonnen, wäre uns eine Menge roter Ärger erspart geblieben. Aber egal ob rot oder weiß; Polen hätten sich beide bestimmt gerne zurück geholt, was die Roten dann ja auch getan haben. Offiziell war Polen natürlich dann unabhängig; so wie die DDR natürlich auch. Oder so wie die heutige BRD von der EU. So manch einer der Patrioten von 1989 fragt sich nun: Bin ich dafür auf die Straße gegangen? Damit wir jetzt statt von Moskau unsere Befehle von Brüssel aus bekommen?"

„Du warst doch mal in Brüssel; wie sieht es da aus?"

„Noch schlimmer als in Berlin. Je weiter man nach Westen geht, desto schlimmer wird es."

„Vielleicht ist der Höcke deswegen nach Osten, nach Thüringen gegangen. Und so der berühmteste Thüringer aller Zeiten geworden", überlegte Murat.

„Findest du er ist der berühmteste Thüringer aller Zeiten?"

„Na ja, wie viele andere Thüringer kennst du denn dem Namen nach? Über wie viele andere Thüringer wird ständig in den Mainstreammedien und im Internet geredet? Mal ehrlich; woran denkst du zuerst, wenn du Thüringen hörst?", fragte Murat.

„Na ja, den Erfurter Dom, die Thüringer Rostbratwurst und ... Höcke."

„Also ist Höcke der erste Mensch, an den du denkst wenn du Thüringen hörst?"

Der Autor nickte. „Siehst du. Ich hatte recht. Der berühmteste Thüringer aller Zeiten", verkündete Murat.

„Also berühmt ist er natürlich, aber der berühmteste Thüringer aller Zeiten ist doch etwas übertrieben, oder?"

„Fällt dir denn noch ein Thüringer ein? Und ein Kumpel auf twitter aus Thüringen zählt nicht; es sei denn er ist allgemein bekannt", sagte Murat.

„Na gut, da fällt mir keiner ein. Was soll man machen? Aber immerhin weiß ich über Thüringen, dass es schon zur Zeit des alten Rom dort lag wo es heute ist und dasselbe gilt für den deutschen Stamm der Thüringer, auch wenn ihr Siedlungsgebiet damals etwas größer war."

„Schön. Also sind wir uns einig, dass er der berühmteste Thüringer aller Zeiten ist", stellte Murat grinsend fest.

„Ja."

„Aber berühmt heißt nicht gleich beliebt; viele Leute hassen ihn."

„Na und? Mich hassen auch viele Leute."

„Liegt vielleicht an den Büchern die du so schreibst."

„Das liegt ganz bestimmt an den Büchern, die ich so schreibe. Und würden diese Leute mich nicht hassen, müsste ich mir Sorgen machen, dass ich etwas falsch mache", meinte der Autor und grinste nun ebenfalls.

Murat lachte. „Also dann; ich sollte dir langsam das Buch zurück geben. Danke, dass du es mir geliehen hast. Ich hole es schnell."

Eine Minute später kam er zurück zu seinem Kumpel und meinte: „Verdammt. Ich kann es nicht finden. Hilfst du mir suchen?"

„Klar. Wo hast du es zu letzt gesehen?"

„Eigentlich müsste es auf dem Küchentisch liegen."

„Frag Phoebe. Vielleicht hat sie es gesehen."

Murat ging zu Phoebe, die inzwischen längst mit ihrem Eis fertig war. Er fragte sie nach dem blauen Buch und die Amerikanerin meinte: „Ach das. Das hatte auf dem Küchentisch gestern so herumgelegen. Also habe ich es, um es nicht zu bekleckern, in die Kiste mit den anderen Büchern gelegt."

„Kiste?", fragte Murat.

„Na die gestern im Flur stand."

„Verdammt. Die hatte ich doch zu der Buchhandlung gebracht, um den ganzen Kram zu verkaufen. Habe denen einfach die Kiste gegeben und die hatten alle Bücher genommen. Habe nicht noch mal reingeschaut. So ein Mist."

Der Autor nahm das recht locker und sagte nur: „Tja, Murat. Dann musst du mir wohl oder übel ein neues, signiertes Buch von Höcke besorgen."

„Unsinn. Wir gehen einfach zusammen zur Buchhandlung und schauen nach, ob die es noch haben. Zur Not kaufe ich es für ein paar Euro zurück", meinte Murat.

Rasch begaben sich die drei in Richtung Buchhandlung. Dort angekommen konnte sich der Verkäufer an das blaue Buch nicht mehr erinnern, erklärte aber sie könnten sich gerne im Laden umsehen. „Alle Bücher, die ich neulich von Ihnen gekauft habe, sind bereits einsortiert. Der blaue Höcke müsste also im 'Politikteil' zu finden sein", meinte der Buchhändler.

„Interessant das es Sie überhaupt nicht stört, ein Buch von Höcke zu verkaufen", stellte Murat fest.

„Ich komme aus Taiwan. Der innerdeutsche rechts-links-Streit interessiert mich ebensowenig wie die meisten anderen Einwanderer", entgegnete der Buchhändler gelassen.

Murat ging mit Phoebe und dem Autor bei dem Regal nachschauen, welches mit „Politik" beschriftet war. Dort war der blaue Höcke jedoch nicht zu finden. Sie wandten sich wieder an den Buchhändler. „Dann wird es wohl leider schon verkauft worden sein. Vermutlich während mein Sohn seine Schicht hatte", meinte dieser.

Enttäuscht gingen die drei zurück zu Murats Wohnung.

„Tja, schade. Dann wirst du mir wohl ein neues signiertes Buch von ihm kaufen müssen. Am besten wendest du dich an seine Partei in Thüringen, fragst höflich nach und bestimmt haben die noch ein paar Stück von dem Werk."

„Hm, aber bestimmt wollen die den vollen Preis plus Versandkosten. Ich denke, ich schaue erstmal im Netz nach, ob es irgendwo günstiger zu kaufen ist", überlegte Murat.

„So können wir es auch machen", stimmte der Autor zu. Also suchten sie bei Murat daheim im Netz nach einem guten Angebot. Nach etwa einer halben Stunde stießen sie auf einen Verkäufer in Brandenburg, der das Buch signiert kostengünstig verkaufte. „Hm. Der will aber 3,50 Euro Versandkosten", murmelte Murat.

„Oder Selbstabholung. Er ist ja in Potsdam. Das ist im C-Bereich. Wenn einer von uns sich ein Anschlussticket kauft, könnte er hinfahren, das Buch abholen und müsste eigentlich mit demselben Ticket zurück fahren dürfen, sofern es keine zwei Stunden dauert", überlegte der Autor.

„Mit 'einer von uns', meinst du mich, oder?", fragte Murat.

„Natürlich. Das Buch befand sich ja in deiner Verantwortung. Und man sollte immer verantwortungsbewusst sein", meinte der Autor.

„Klar, so wie damals als Neukölln hochgegangen ist", erinnerte sich Murat ironisch.

„Hey, es wäre die Aufgabe der Politiker gewesen in Neukölln für Sicherheit zu sorgen. Und ist es unsere Schuld, dass dort überall Drogen, Sprengstoff und Waffen herumlagen, die dann eben hochgingen? Wenn die Politiker ihren Job nicht machen und verhindern, dass Leute wie wir in Neukölln von Räuberbanden grundlos attackiert werden, warum sollten wir dann in der Hinsicht Verantwortung übernehmen? Was hätten wir denn davon? Aber das mit dem Buch ist etwas anderes; du bist einer von meinen Leuten und ich bin einer von deinen Leuten. Gegenüber einander müssen wir schon verantwortungsvoll

sein. Es ist ganz einfach; meine Leute, mein Problem.
Nicht meine Leute, nicht mein Problem."

Murat nickte. „Macht Sinn", meinte er und klopfte dem
Autor kameradschaftlich auf die Schulter.

Dann überlegte er weiter: „Nur macht es Sinn, wegen dem
Buch nach Potsdam zu fahren? Wenn etwas schief geht,
muss ich eine weitere Anschlusskarte kaufen. Dabei
wurmt mich an sich nicht einmal das Geld selbst, sondern
wem ich es geben muss. Einem unfähigen Unternehmen,
wegen dem ich gefühlt eine Millionen Mal zu spät
gekommen bin. Einem Konzern mit einem Monopol, dass
Fahrkartenprüfer einstellt, die sich durch ihre Uniformen
wie Götter vorkommen und auf die Fahrgäste kacken.
Jeder Euro den die kriegen ist eigentlich ein Euro zu viel."

„Wem sagst du das. Ich erinnere mich noch daran wie das
letzte Mal eine Kontrolle stattfand, während ich in der U-
Bahn saß. Da tauschten gerade drei Typen Geld und
Drogen aus, als die Kontrolleure hereinkamen. Die Typen
dealten einfach weiter, zeigten aber ihre Fahrkarten vor,
also interessierte es die Prüfer nicht. Aber als dann die
eine alte Dame keine BVG-Kundenkarte hatte, da war die
Hölle los. Der eine Prüfer drohte ihr sogar mit einer
Strafanzeige und meinte, er werde die Polizei rufen.
Währenddessen hatten gerade ein paar Orientalen eine
junge Frau gegen ihren Willen begrapscht und die Dealer
hatten weiter ihr Ding gemacht; das interessierte den
Sicherheitsdienst natürlich nicht. Als die Dealer und
Grapscher jedoch das Wort 'Polizei' hörten, dachten sie, sie
wären gemeint. Also gingen sie auf die BVG-Prüfer mit
ihren Messern los. Blut floss und Gedärme wurden
herausgeschnitten. Vier tote BVG-Kontrolltypen später
hielt der Zug im nächsten Bahnhof und alle machten sich

davon. Die Täter beriefen sich vor Gericht auf ihre schwere Kindheit und zwei von ihnen waren Mitglieder in machthabenden Parteien; also hieß es dann 'Notwehr' und 'Bewährung'. Ebenfalls hilfreich war für die Angeklagten vor Gericht, dass sie meinten, die Toten hätten sich ihnen gegenüber rassistisch verhalten."

„Und was hast du ausgesagt?", fragte Murat den Autor.

„Ich? Meine Aussage wurde vor Gericht nicht zugelassen. Staatsanwaltschaft und Verteidigung waren sich einig darin, dass ich ein böser Rechter sei und das meine Aussage deshalb nicht objektiv sein könnte. Außerdem meinte die Staatsanwältin, man solle mich anzeigen, weil ich ein- und ausatme und das eine böse Diskriminierung gegenüber allen Menschen mit Atemproblemen ist. Bevor sie diesen Gedanken jedoch zu Ende spinnen konnte, fielen zwei der Grapscher über sie her und vergewaltigten sie mitten im Gerichtssaal. Ein Gerichtsdiener wollte schon eingreifen, aber der Richter hielt ihn zurück. Er meinte: 'Nein, die dürfen das. Das ist Teil ihrer Kultur und eine Bereicherung für uns alle. Die Staatsanwaltschaft bekommt hier zwei Menschen geschenkt, die wertvoller sind als Gold. Dort einzugreifen wäre rassistisch und würde eine Anzeige wegen Volksverhetzung nach sich ziehen'. Nach der Vergewaltigung hat die Staatsanwältin dann irgendwie vergessen mich wegen der Atemsache anzuzeigen. Mich hat das Ganze ein wenig an 'Mel Brooks: Die verrückte Geschichte der Welt' erinnert; den Film, nicht die Serie. Da wurde in der letzten Kurzgeschichte ja auch eine Dame vergewaltigt und Mel Brooks rief fröhlich: 'Gruppenvergewaltigung!'. Und wenn er so schwachsinnige Witze machen darf... na ja, heutzutage haben wir ja in Deutschland durchschnittlich zwei Gruppenvergewaltigungen pro Tag. Komisch, vor 20 Jahren hatten wir das Porblem noch nicht. Was mag nur in der Zeit passiert sein? Aha! Bestimmt nehmen seit Neuestem alle Biodeutschen irgendwelche Geilheitspillen, die sie dazu zwingen. Alle anderen Erklärungen sind nämlich gewiss auch wieder 'Volksverhetzung'."

„Findest du das nicht ein bisschen absurd und unrealistisch?", fragte Murat.

„Absurder und unrealistischer als wenn zwei Ausländer sich auf einem öffentlichen Platz streiten, ein Deutscher kommt vorbei und schlichtet und am Ende bekommt der Deutsche dafür eine Anzeige wegen Volksverhetzung und der ganze Streit geht in die Statistik der Innenministerin als 'Anschlag auf ein Asylantenheim' ein?", antwortete der Autor mit einer Gegenfrage.

„Ach, vergiss es. Überlegen wir lieber was wir wegen dem Höcke-Buch machen", winkte Murat ab.

„Tja, wir könnten diesen ganzen BVG-Kram einfach ignorieren und meinen Kumpel Fritz fragen, ob er uns nach Potsdam fährt. Dann holen wir zu dritt das Buch ab und Fritz wartet so lange kurz im Auto. Oder er fährt uns morgens nach Potsdam, du, Phoebe und ich verbringen dort einen netten Tag, holen zwischendurch das Buch ab und abends bringt er uns wieder zurück. Käme natürlich darauf an wie er Zeit hat, aber ich könnte ihn zumindest fragen", schlug der Autor vor.

„Bei dem Namen 'Fritz' fällt mir etwas ein. Liegt nicht Friedrich der Große, also der alte Fritz in Potsdam begraben?", fragte Murat.

„Sicherlich. Gemäß seinem Wunsch wurde er von Helmut Kohl und Louis-Ferdinand Prinz von Preußen damals am Hauptgebäude seines Schlosses neben seinen Hunden

beerdigt. Ja, der gute alte Helmut Kohl. Dem lag Deutschland noch am Herzen und er wusste wie gut und gesund es für den Zusammenhalt im Land ist, mit den alten Adelshäusern zusammen zu arbeiten. Heute wird auf den Hohenzollern ja auch nur noch herumgehackt, wohl auch weil sie für unsere Geschichte und Kultur stehen."
„Wir könnten, wenn wir in Potsdam sind, das Schloss, den Park und das Grab vom alten Fritz besuchen", schlug Murat vor.
Nun meldete sich Phoebe zu Wort. Sie hatte sich bisher aus der Unterhaltung relativ herausgehalten, aber die Idee mal einen Ausflug zu machen gefiel ihr. „Au ja. Lasst uns einen schönen Tagesausflug machen", stimmte sie zu.
„In Ordnung. Ich frage meinen Kumpel. Und du machst etwas mit dem Buchverkäufer aus."
Murat schrieb den Verkäufer des signierten Höcke-Buches an und der Autor telefonierte mit seinem ein Auto besitzenden Kameraden.

*

Alles lief wie am Schnürchen und ein paar Tage später begaben sie sich zu viert auf den Weg nach Potsdam. Fritz verstand sich recht gut mit Murat, war aber ein wenig genervt von Phoebes ständigem „Sind wir bald da?".
Die ersten zehn Male sagte er noch: „Nein."
Irgendwann ignorierte er Phoebes Blödsinn einfach und der Autor fragte sich wie Murat das aushielt. Dann sah er, dass sein Kumpel kleine Kopfhörer in den Ohren hatte und Musik hörte. „Sehr schlau von ihm", murmelte er und

schaute aus dem Fenster die vorbeiziehende Landschaft an.

Dann mussten sie plötzlich halten, denn es hatten sich mal wieder Klimakleber auf die Straße geklebt. Die Polizei entfernte sie nicht etwa, sondern hielt stattdessen die Autofahrer davon ab die Straße selbst frei zu machen.

„Schade das die Polizei da ist. Ich hätte die Klimakleber auch schön mit einer der beiden Knarren einschüchtern können, die ich dabei habe. Habe beide Kanonen vor einiger Zeit zwei toten Polizisten abgenommen, die 'Selbstmord gegen rechts' begangen haben. Zwar habe ich heute nur eine der zwei Knarren dabei, aber die ist immerhin fast voll geladen", meinte der Autor.

„Moment mal! Das ist es!", rief Murat, der kurz zuvor seine Kopfhörer aus den Ohren genommen hatte, weil er wissen wollte was da los war und wieso der Verkehr nicht weiter ging.

Rasch kurbelte er ein Fenster herunter und rief laut in Richtung der Beamte und Klimakleber: „Selbstmord gegen rechts! Selbstmord gegen rechts!"

Ein paar der anderen Autofahrer sahen ihn erst fragend an, aber dann begriffen sie seinen Plan. Daraufhin stimmten sie laut mit ein und riefen: „Selbstmord gegen rechts! Selbstmord gegen rechts!"

„Hört Ihr das?! Lasst uns alle Helden werden!", rief einer der Klimakleber, holte sein Messer hervor und rammte es sich in den Bauch.

Dann schlitzte er sich selbst von rechts nach links auf. Seine Genossen taten es ihm gleich. „Da können wir doch nicht hinten an stehen. Das die Klimaaktivisten hier ein so mutiges Zeichen gegen rechts setzen und wir nicht. Das geht ja mal gar nicht", meinte einer der Polizisten, zog seine Waffe und schoss sich in den Kopf.

Zwei weitere taten es ihm gleich. Ein paar andere Polizisten überlegten kurz, dann zogen sie auch ihre Waffen. Nur einer hatte seine Waffe nicht gezogen. „Was ist Dobinskyson? Willst du etwa keinen Selbstmord gegen rechts begehen? Bist du etwa ein Nazi?", fragte einer der Beamten mit der Waffe an der Schläfe.

„Doch doch. Ich will nur noch ein paar Fotos für die Medien später machen, damit sie Bilder aus erster Hand haben, die zeigen wie mutig wir alle sind", antwortete Dobinskyson.

„Alles klar. Dann mach mal", lautete die Antwort an Dobinskyson, bevor sich alle seine noch übrig gebliebenen Kollegen gleichzeitig in den Kopf schossen.

„Idioten", murmelte Dobinskyson, verließ die Fahrbahn, verduftete im Unterholz und begab sich auf den Weg nach Hause.

Zehn Sekunden später stiegen einige Autofahrer aus, stürmten auf die Toten zu und plünderten alles was nicht niet und nagelfest ist. Ein paar Typen, deren Herkunft wir hier nicht nennen dürfen, stellten bei den toten Klimaaktivistinnen fest, dass ihre weiblichen Leichen noch warm waren. Also rissen sie diese von der Fahrbahn los und verzogen sich damit in die Büsche. Dann ging die Fahrt weiter. Während über die übrigen Leichen drüber gefahren wurde, fragte Fritz: „Hätten wir auch zum plündern aussteigen sollen?"

„Nee, ist schon gut. Da waren bestimmt zwanzig Leute schneller als wir; aber was soll's. Die waren ganz vorne und standen viel länger im Stau als wir. Die haben sich ihre Beute verdient. Außerdem ist plündern ja auch irgendwie Arbeit und das heute soll ein entspannter Tag werden", meinte der Autor.

„Da fällt mir ein; gibt es nicht auch dieses Lied über Friedrich den Großen, wo seine Soldaten ihn einerseits bejubeln, aber andererseits auch Kritik üben, weil er ihnen zu selten das Plündern erlaubt hat?", überlegte Murat.

„Stimmt. Jetzt wo du es sagst, fällt es mir auch wieder ein. Das gibt es auf youtube sogar in verschiedenen Versionen. Einmal mit Filmszenen aus Filmen über den alten Fritz und einmal mit Szenen aus der Serie über 'Tanya the Evil'", erinnerte sich der Autor.

„Ach ja, diese Serie wo Hitler ein kleines Mädchen ist."

„Nein Murat. Mit Hilter hat das eigentlich nichts zu tun. Aber ich muss sagen, zumindest die Serie klingt interessant. Also die Animeserie für den Fernseher; in die Mangas habe ich mal einen Blick geworfen, die waren irgendwie nicht so prall. Aber vielleicht habe ich da auch nur einen der weniger guten Bände erwischt..."

„Kann sein. Hey, willst du das ich das Lied über den alten Fritz raussuche? Würde doch zu unserer Reise passen", bot Murat an und wedelte etwas mit dem Handy herum. Alle Anwesenden nickten und so rief er das Lied auf youtube auf und spielte es ab:

„Fridericus Rex, unser König und Herr
Der rief seine Soldaten allesamt ins Gewehr
Zweihundert Batallions und an die tausend Schwadronen
Und jeder Grenader kriegt sechzig Patronen.

„Ihr verfluchten Kerls," sprach seine Majestät
Daß jeder in der Bataille seinen Mann mir steht!
Sie gönnen mir nicht Schlesien und die Grafschaft Glatz
Und die hundert Millionen in meinem Schatz.

Die Kais´rin hat sich mit den Franzosen alliiert
Und das römische Reich gegen mich revoltiert
Die Russen seind gefallen in Preußen ein
Auf, laßt uns sie zeigen, daß wir brave Landeskinder
sein!"

„Meine Generale Schwerin und der Feldmarschall von
Keith
Und der Generalmajor von Ziethen seind allemal bereit
Potz, Mohren, Blitz und Kreuzelement
Wer den Fritz und seine Soldaten noch nicht kennt!"

Nun adjö, Luise, wisch ab das Gesicht!
Eine jede Kugel, die trifft ja nicht!
Denn träf´ jede Kugel apart ihren Mann
Wo kriegten die Könige ihre Soldaten dann?

Die Musketenkugel macht ein kleines Loch
Die Kanonenkugel macht ein weit größeres noch
Die Kugeln sind alle von Eisen und Blei
Und manche Kugel geht manchem vorbei.

Unsre Artillerie hat ein vortreffliches Kaliber
Und von den Preußen geht keiner nicht zum Feind nicht
über
Die Schweden, die haben verflucht schlechtes Feld
Wer weiß, ob der Östreicher besseres hält.

Mit Pomade bezahlt den Franzosen sein König
Wir kriegen´s alle Wochen bei Heller und Pfennig
Potz, Mohren, Blitz und Kreuzsakrament

Wer kriegt so prompt wie der Preuße sein Traktement!

Friedricus, mein König, den der Lorbeerkranz ziert
Ach hättest du nur öfters zu plündern permittiert
Friedericus Rex, mein König und Held
Wir schlügen den Teufel für dich aus der Welt!"

Einige Zeit später erreichten sie Potsdam und holte bei
einem netten älteren Herren das Buch ab. Im Anschluss
begannen sie damit sich die Stadt ein wenig anzusehen.
Fritz fuhr währenddessen zurück nach Berlin, weil er dort
ein paar Transportarbeiten zu erledigen hatte. Er würde sie
so um 19:00 Uhr am Vordereingang des Potsdamer
Hauptbahnhofs abholen.
Murat, Phoebe und der Autor begaben sich nun in
Richtung des Schlossparks. Die Wegangaben auf den
Schildern in Potsdam stimmten jedoch nicht; hier war ein
Kilometer schnell mal vier Kilometer lang. So dauerte es
eine Weile, aber zum Glück war das Wetter diesmal
angenehm kühl.
Am Grabe Friedrichs des Großen versprach der Autor dem
König, dass er nicht aufgeben und weiterhin dafür
kämpfen werde, dass Deutschland wieder eine Monarchie
bekommt. „In unserem Land müssen wieder Ordnung und
Gerechtigkeit herrschen. Der Fisch stinkt bei uns vom
Kopfe her. Weil die Machthaber uns ruhinieren, ziehen sie
alles mit runter", meinte er, während sie nach dem kurzen
Grabbesuch rund um das Schlossgebäude, dass mehr an
eine Villa als an ein Schloss erinnerte, herumgingen.
Es gab auch einen Laden für Andenken. Also gingen sie
hinein. Dort wurden eine Menge schöner Sachen verkauft.
„Murat, die Krone ist so schick. Kaufst du sie mir? Sie

kostet nur 899,00 Euro", flötete Phoebe.

„Ich sag dir was, Phoebe. Rede mit dem Verkäufer. Wenn er auf 8,99 Euro runter geht, dann kaufe ich sie dir", entgegnete Murat.

„Super. Danke dir", freute sich Phoebe und machte sich auf zu einem der Verkäufer.

Der Autor bewunderte währenddessen eine Playmobilfigur von Friedrich dem Großen. „Bin zwar ein wenig knapp bei Kasse, aber ab und an muss man sich mal etwas gönnen. Die kaufe ich mir", meinte der Künstler zu seinem Kumpel Murat.

„Klar. Gönn dir."

Da kam Phoebe traurig zu Murat zurück. „Der Händler hat nein gesagt. Er möchte die Krone nicht für 8,99 verkaufen."

„Tja, da kann man nichts machen", meinte Murat und zuckte die Achseln.

Da griff sich ein Typ Murats Tasche und rannte damit hinaus. „Hey!", schrie Murat und lief ihm hinterher.

Draußen warteten zwei andere Kerle auf den Dieb und gemeinsam waren sie gerade im Begriff weg zu rennen.

„Komm zurück du Hurensohn!", schrie Murat.

Da blieben die drei Typen stehen und einer von ihnen fragte: „Wen nennst du hier Hurensohn?!"

Der zweite zog bereits eine Machete hervor. Da kam der Autor dazu, zog seine Knarre und richtete sie auf die drei: „Er nannte dich einen Hurensohn? Hast du was dagegen?"

„Ha! Als ob du scheiß deutsche Kartoffel die Eier hättest uns zu erschießen", meinte einer der drei Gangster.

„Er hat auf jeden Fall mehr Eier als Ihr", meinte Murat und nickte dem Autor zu.

Dieser schoss jedem der drei Typen in die Weichteile.

Schreiend gingen die drei Kerle zu Boden. Einer brüllte: „Meine Eier! Wie soll ich denn jetzt Frauen vergewaltigen?! Das ist so unfair!"

Da kam der Verkäufer aus dem Laden, griff sich überraschend schnell die Pistole des Autors und schoss damit jedem der drei Verbrecher in den Bauch. Anschließend gab er dem Künstler die Knarre zurück, schnappte sich die Machete und hackte damit auf den schwer verwundeten Gangstern herum, bis diese tot waren. „Die klauen seit Monaten in meinem Laden. Und die Polizei macht nichts", beschwerte er sich.

„Schon gut. Sollen wir Ihnen helfen, die Leichen zu entsorgen?", fragte Murat.

„Danke. Das wäre echt nett von euch", bedankte sich der Verkäufer.

„Kein Ding", meinte Murat und winkte ab.

Dann nahm er sich seine zuvor geklaute Tasche wieder zurück und sagte an seinen Künstlerkumpel gewandt: „Zum Glück musste ich der Tasche nur bis vor die Tür hinterher jagen; da ist nämlich das Höcke-Buch drin."

„Das war dann eine überraschend kurze Jagd", stellte der Autor belustigt fest.

Währenddessen holte der Verkäufer jede Menge Mülltüten. Da es draußen sehr kalt war, befanden sich auf dem ganzen Schlossparkgelände nur wenige Besucher, sodass sie beim Beseitigen der Leichen unentdeckt blieben. Sie brachten die Toten erstmal in den Mülltüten zum Wagen des Verkäufers. „Die versenke ich später im nächstbesten Fluss", meinte dieser.

Im Anschluss gingen sie zum Laden zurück und der Verkäufer spritzte das Blut mit einem Gartenschlauch vom Boden weg. Dann zeigte er seine Dankbarkeit, indem er

Murat die von Phoebe gewünschte Krone für 8,99 Euro verkaufte. Phoebe freute sich sehr und umarmte Murat herzlich. Später ging die kleine Truppe noch in einem Potsdamer Restaurant nett essen. Murat freundete sich mit dem Verkäufer auf Facebook an und im Anschluss ging dieser wieder in seinen Laden zurück. Kurze Zeit später begaben sich Murat, Phoebe und der Autor zum Bahnhof. Da sie jedoch viel zu früh dran waren, beschlossen sie noch ein wenig spazieren zu gehen. Das heißt, der Autor und Phoebe drängten darauf. Murat agumentierte: „Leute, ich bin für sowas doch viel zu faul!"

„Ach komm, viel Bewegung ist doch gesund", meinte der Schriftsteller.

„Gar nicht wahr. Außerdem sind wir massenhaft durch Potsdam gelaufen. Gefühlt eine Millionen Kilometer", entgegnete Murat.

„Na komm. Nur so die Straße da drüben hoch in Richtung des Waldstücks. Was soll schon schlimmes passieren, wenn wir da lang gehen?", fragte der Autor.

„In Ordnung", ließ sich Murat schließlich überreden und ging mit Phoebe und dem Autor die Straße hoch.

Sie spazierten nichts Böses erwartend dort entlang, da erklang plötzlich ein Ruf aus dem Waldstück: „Hilfe!"

„Da ist irgendwas im Busch", meinte der Autor.

„Na gut. Sehen wir nach", stimmte ihm Murat zu.

Schnellen Schrittes gingen sie in den Wald. Dort war eine Gruppe grün gekleideter Leute mit Fackeln um einen Scheiterhaufen versammelt. Die mit grünen Tüchern Vermummten blickten alle bedrohlich in Richtung der jungen Frau, die oben auf dem Scheiterhaufen an einen langen Pfahl gefesselt war. „Bitte! Ich will nicht sterben! Ich habe doch nichts Böses getan!", klagte die Gefesselte.

„Doch! Du hast dich geweigert in deiner Uni-Abschlussarbeit zu gendern. Also musst du eine Faschistin sein! Dafür musst du sterben!", schrie einer der Fackelträger.

„Das reicht jetzt! Hände hoch!", schrie nun Murat, während der Autor seine Waffe auf die Gruppe richtete.

„Was fällt euch ein, euch hier einzumischen?!", schrie einer der Vermummten und ging mit einer Machete auf Murat los.

„Wo die Leute hier wohl all ihre Macheten her haben?", murmelte Murat, während er dem Hieb des Typen auswich, seinen rechten Arm packte und ihm die Machete geschickt entriss.

Dann schlug er ihm mit der Machete besagten Arm ab. Der Vermummte schrie: „Du Arschloch! Jetzt habe ich nur noch einen Arm!"

Mit dem linken Arm hielt er sich die Wunde zu, woraufhin Murat ihm auch den linken Arm abhackte. „So. Jetzt hast du keinen mehr", stellte Murat zufrieden fest.

„Lieber arm dran, als Arm ab, was?", meinte der Autor. Die anderen Vermummten standen geschockt herum. Einer rief dem Armlosen jedoch zu: „Kämpf weiter! Du hast doch noch zwei Beine! Tritt ihn!"

„Ja, tritt mich doch! Wie bei 'Monty Python'. Wenn die sowas dürfen, warum wir nicht auch?!", schlug Murat vor. Der Armlose versuchte also Murat zu treten, woraufhin ihm dieser den Fuß abhackte. Dann war der Kopf dran.

„Na! Was ist? Will noch jemand?", fragte Murat in die Runde.

„Kommt schon! Den schaffen wir! Wir sind doch in der Überzahl!", rief einer der Vermummten und so gingen sie alle auf Murat los.

„Warum schießt du nicht?", fragte Phoebe den Autor.
„Die Knarre ist leer. Die erste Kugel, vermutlich die aus
dem Lauf, ging damals in den Kopf des Selbstmord-
Polizisten. Die übrigen sechs wurden vorhin alle hinter
dem Schloss verwendet", flüsterte der Autor als Antwort
zurück.
„Was, die Knarre ist leer?!", rief Phoebe entsetzt aus.
Daraufhin ging ungefähr die Hälfte der Bande auch auf
den Autor und Phoebe los. Sie wehrten sich mit Händen
und Füßen. In den ersten zwei Sekunden hatten sie Angst,
stellten dann aber fest mit was für Schwächlingen sie es zu
tun hatten. Gezielte Schläge gegen die Kehlköpfe reichten
aus, um die Mistkerle zu erledigen. Murat schlug einfach
einen nach dem anderen mit der Machete den Kopf ab und
als keiner mehr stand nahm er sich zur Sicherheit noch
diejenigen vor, die Schläge auf den Kehlkopf bekommen
hatten. Anschließend kletterte der Autor auf den
Scheiterhaufen und machte die junge Frau los. „Danke!
Ich bin ja so dankbar!", rief sie und umarmte den
Schriftsteller.
*Mir könnte sie ebenfalls dankbar sein; ich wüsste schon
wie*, überlegte Murat.
Ach, moment. Ich hab ja jetzt Phoebe, fiel ihm eine
Sekunde später wieder ein.
Rasch machten sie sich auf den Rückweg zum Bahnhof.
Phoebe stolperte dabei beinahe über einen der von Murat
abgehackten Arme. Erschrocken davon kickte sie den Arm
weg, wobei sie eine Art Lupfer schaffte, sodass der Arm
hochflog und in einer niedrigen Baumkrone landete.
Fröhlich pfeifend ging sie mit den anderen von dannen.
Keiner von ihnen bemerkte, wie hinter ihnen ein großer
Raubvogel eben diesen abgetrennten Arm packte, um ihn

als Futter in sein Nest zu tragen. Das Tier freute sich bereits und konnte es kaum erwarten; also flog es so schnell wie möglich in Richtung seines Zuhauses. Dabei überflog der Raubvogel den Bahnhof, wobei ihm der Arm aber langsam zu schwer wurde. Also ließ er ihn fallen und der Arm landete genau dort auf den Gleisen, wo gerade ein Zug in den Bahnhof kommen wollte. Da sowohl Zug als auch Gleise lange nicht ordentlich gewartet worden waren, reichte der Arm aus um den Zug zum entgleisen zu bringen. Dummerweise war es ein Transportzug, der in Potsdam eigentlich nur halten sollte, weil seine eigentliche Strecke wegen beschädigter Gleise gesperrt worden war. Er war dorthin umgeleitet worden, um zu warten bis seine Strecke wieder frei war. Nun entgleiste er und der ganze für das Werk eines amerikanischen Milliardärs in Brandenburg bestimmte Zeug flog in die Luft. Mit ihm der Potsdamer Hauptbahnhof. Zielsicher trafen mehrere herumfliegende Trümmerstücke einige potthässliche, so gar nicht zu Potsdam passende Neubauten, woraufhin diese einstürzten. Ein Junge sah den Einsturz eines dieser Machwerke mit an, zeigte mit dem Finger darauf und rief: „Das war von IKEA!"

Auf ihrem Weg zum Bahnhof sahen Murat, Phoebe, der Autor und die gerettete Frau die Katastrophe. Der Bahnhof sah aus wie ein Schlachtfeld. „Murat, wir müssen Fritz anrufen. Er soll uns wo anders abholen", stellte der Autor fest.

Murat nickte nur.

*

Einige Zeit später holte Fritz die Gruppe ab. „Wir haben noch jemanden mitgebracht", sagte der Autor zu seinem Kumpel und deutete auf die junge Frau, die sich dankbar an ihn schmiegte.

Fritz bekam das kaum mit; er war viel zu abgelenkt durch den zerstörten Bahnhof. Erst gegen Ende der Rückfahrt, fragte er nach dem Mädel. Aber da waren seine vier Fahrgäste von dem anstrengenden Tag bereits eingepennt. Wieder in Berlin hielt Fritz an einer Ampel und öffnete kurz das Fenster, um etwas frische Luft ins Auto zu lassen. Bei fünf Personen in einem Wagen ist das ja durchaus sinnvoll. Während das Fenster offen war, flog plötzlich ein Papagei an dem Wagen vorbei. Fritz war sich nicht sicher, aber für ihn klang es so als ob der Vogel „Höcke wählen" gekräht hätte.

Kurz darauf flogen mehrere Raben oder Krähen, das was bei der Dunkelheit schwer zu unterscheiden, ebenfalls am Wagen vorbei. Auch bei ihnen klangen die Geräusche aus ihren Schnäbeln wie „Höcke wählen".

Kapitel 3: Fast and Transformers

„Familie". Vin Benzins Lieblingswort aus der meines Erachtens zu Unrecht unbeliebten Neuauflage von „Ben 10". Obwohl das Orginal natürlich besser ist; darin sind wir uns einig :-).

Nach ihrem Abenteuer in Potsdam war der Autor mit der jungen Frau zu sich in seine Wohnung zurück gekehrt. Das signierte Höcke-Buch hatte er ins Regal gesteckt und dann etwas anderes weggesteckt. Da die Kleine nach ihrem Studium jedoch nach Südkorea umziehen und dort arbeiten wurde, wurde es mit ihr aber leider nichts Festes. Murat hatte es da mit Phoebe leichter und er hatte sogar zwei neue Freunde durch das Potsdam-Abenteuer gewonnen, denn auch Fritz war nun sein Kumpel auf Facebook; ebenso wie der Verkäufer aus dem Laden. Aber da es für eine Beziehung nicht so gut ist, wenn das Paar einander dauernd auf die Pelle rückt, beschloss Murat einen einfachen Lieferauftrag zu übernehmen. Schwarz natürlich, denn wer möchte schon legal arbeiten und so Steuern an einen Staat zahlen, der einen umbringen will? Also nahm Murat eine Mission an, für einen reichen Amerikaner, der eine Fabrik in Brandenburg besaß, ein Packet von A nach B zu bringen. Oder besser gesagt von B nach B; nämlich von Berlin nach Brandenburg. Das Packet war der Ersatz für ein Teil, welches zusammen mit dem Zug im Potsdamer Hauptbahnhof in die Luft geflogen war. Man hatte kein Vertrauen mehr in den Zugverkehr und wollte auf Nummer sicher gehen, dass die Ware auch wirklich ankommt; also beauftragte man ein Privatunternehmen und das wandte sich vertrauensvoll an Murat. Murat nahm die Mission an und bekam das Packet vor die Wohnungstür gestellt. Durch die Wohnungstür passte es nämlich nicht und es ging auch nur gerade so in den Fahrstuhl. „Verdammt! Wie kriege ich das Ding jetzt in das brandenburgische Hinterland?", fragte sich Murat. Phoebe holte sie magische schwarze Acht und fragte: „Magische schwarze acht: Wie soll Murat das Packet nach Brandenburg bekommen?"

Da die Acht jedoch nur Fragen mit „Ja" oder „Nein" beantworten konnte, lautete die Antwort einfach nur „Nein".

„Ich rufe mal meinen Künstlerkumpel an. Vielleicht hat er eine Idee; eventuell können wir ja mit dem Wagen von seinem Kumpel Fritz fahren. Oder ich frage Fritz gleich auf Facebook", entgegnete Murat und holte sein Handy heraus.

Fritz war erstmal nicht dagegen, aber dann ließ er sich sicherheitshalber die Größe des Packetes zusenden, da er nicht umsonst herfahren wollte. Und wie er schon befürchtet hatte, passte das Ding nicht in seinen Wagen.

„Aber ich hätte ein Tandem und einen Anhänger. Damit könnten du und unser Autorenfreund es doch nach Brandenburg schaffen", schlug Fritz vor.

„Gute Idee. Einverstanden", stimmte Murat zu, woraufhin Fritz ihm das Tandem samt Anhänger vorbei brachte.

Bei diesem Anblick stellte Murat fest: „Oh nein! Ein Tandem ist ein Fahrrad?! Ich dachte es wäre ein Motorrad oder so! Mist!"

Er hatte auch bereits seinen Künstlerkumpel angerufen und dieser hatte zugestimmt, seinen Freund bei dieser

Mission zu unterstützen. Also begaben sie sich mit einem großen Packet, einem Zelt und zwei Schlafsäcken auf den beschwerlichen Weg nach Brandenburg. Nach den ersten zehn Minuten Tretarbeit meinte Murat: „Das reicht! Wir nehmen den verdammten Zug!"
Also ging es ab zum nächsten Bahnhof.

*

Ein paar Stunden später erreichten sie die Fabrik des amerikanischen Milliardärs und lieferten das Packet dort ab. „Darf man fragen was da drin ist?", fragte der Autor neugierig.
„Fragen dürfen Sie schon, aber ich darf es Ihnen nicht sagen", antwortete der Wachposten am Eingang höflich. Er wünschte den beiden jungen Männern einen schönen guten Tag und überreichte ihnen zum Abschied einen Beleg, dass sie das Packet ordnungsgemäß abgeliefert hatten. Während sie weggingen meinte Murat: „So höflich. Davon könnten sich die Bürokraten in Berlin ruhig mal eine Scheibe abschneiden."
„Trotzdem frage ich mich, was in dem Packet so Wichtiges drin war", entgegnete der Autor.
Er sollte es bald erfahren.

*

Im Inneren der Fabrik wurde das Packet erstmal von

einem Kontrollpunkt zum Nächsten weiter gereicht. Bis es schließlich bei dem genialen Automechaniker Dominic „Superfast" Diesel ankam. Dieser war gerade dabei im Auftrag des reichen Fabrikbesitzers sein Meisterwerk zu schaffen. Ihm fehlte nur noch ein Teil, aber das Orginalteil war in Potsdam hochgegangen, also brauchte es ein neues Modell. Dominic Diesel baute das fehlende Teil ein. „Mir wäre es lieber, du würdest auch mal wieder was in mich einbauen", klagte seine ebenfalls anwesende Freundin, die auch über Doppel D verfügte.

„Schatz, stör mich jetzt nicht. Gleich ist es so weit. Ich werde ihn erwecken; die ultimative Waffe für alle Kriminellen; einen gigantischen Roboter. Ich nenne ihn 'Optimus Crime'. Er wird für uns Banken ausrauben, ja ganze Bankhäuser einfach so wegtragen", freute sich Diesel, während er sich mit einem Lappen den Schweiß von der Glatze wischte.

„Ich vermisse die gute alte Zeit, als wir bloß geklaute CD-Spieler verkauft haben, um einfach nur über die Runden zu kommen und unser Ding zu machen", meinte seine Freundin.

„Ja, Nostalgie ist cool, aber das hier ist die Zukunft. So. Das letzte Teil ist eingebaut. Nun muss ich nur noch den Hebel dort drüben umlegen und er wird erwachen!"
Diesel schritt langsam zu dem Hebel und sagte dabei: „Wenn dieser Milliardär wüsste, was wir hier wirklich gebaut hätten; haha. Er denkt, wir hätten den Roboter für die Arbeit im Bergbau und in der Schwerindustrie gebastelt. Na der wird sich wundern."
Er legte den Hebel um und rief dabei: „Nun erwache zum Leben, Optimus Crime!"
Nichts passierte. „Hä?", fragte er verwundert.

Dann besann er sich und versuchte es einfach nochmal. Erneut rief er: „Nun erwache zum Leben, Optimus Crime!"

Doch wieder passierte nichts. „Irgendwo ist der Wurm drin. Wenn das unsere übrige Familie wüsste."

„Die würde ich auch gerne mal wieder sehen. Warum gehen wir nicht einfach zu ihnen nach Südamerika und vergessen dieses ganze Projekt. Der Roboter funktioniert offensichtlich nicht."

„Lass mich nur machen, Schatz. Ich finde den Fehler schon."

Diesel war ein hervorragender Mechaniker. Mindestens so gut wie Peppone aus den Don-Camillo-Geschichten von Giovannino Guareschi. Aber er fand den Fehler nicht, denn es gab gar keinen Fehler.

*

Irgendwann lange nachdem die vorletzten Angestellten der Fabrik Feierabend gemacht hatten, schaffte es seine Freundin auch Dominic Diesel dazu zu überreden ins Bett zu kommen. Kaum waren sie in den Federn, da begannen die rücklichtartigen Augen von Optimus Crime zu leuchten. Die ganze Zeit über hatte er sich nämlich nur funktionsunfähig gestellt, um nachts heimlich abzuhauen. Die Flucht gestaltete sich jedoch erstmal recht schwierig, denn irgendwie hatte man sich bei den Größen vertan. Wie sollte ein knapp 40 Meter hoher Roboter bitte schön aus einer Lagerhalle abhauen, deren Eingangstor gerade mal circa 15 Meter hoch war?

Nun, pragmatisch wie der Roboter war, transformierte er seine rechte Hand in eine Faust und zertrümmerte einfach die Wand. Dann spazierte er durch das Loch, während draußen bereits das Sicherheitspersonal angelaufen kam. Es war schon irgendwie niedlich, wie einer der Wachmänner mit seiner Elektroschockpistole auf den 40 Meter hohen Roboter feuerte. Der Blechmann ignorierte den Wachmann einfach und spazierte vom Gelände. Diesel und seine Freundin erwachten natürlich ebenfalls von dem Lärm und kamen angelaufen, aber da war das Meisterwerk bereits abgehauen. „Diesel, das war doch Ihr Roboter, oder?", fragte einer vom Sicherheitspersonal.

„Glauben Sie, ich bin der einzige, der hier Roboter baut?"

„Nein, aber der einzige, der an einem 40 Meter Teil gearbeitet hat."

„Wenn Sie die Antwort auf die Frage schon zu kennen glauben, wieso haben Sie sie dann gestellt?"

„Verdammt, Diesel! Können Sie den Riesen irgendwie zurück holen? Hat er vielleicht einen Ortungs- oder Kontrollchip?"

„Nein, ich verabscheue derartige Überwachungsmaßnahmen. Sie entsprechen nicht meiner eher freiheitlichen Haltung. Allerdings ist das hier ein 40 Meter großer Roboter; wir dürften wohl kaum Probleme haben, ihn wieder zu finden", meinte Diesel.

„Auch wider wahr", entgegnete der Sicherheitsmann.

„Ich vermisse die CD-Player-Geschäfte", murmelte Diesels Freundin.

Der Roboter marschierte auf direktem Weg nach Berlin. Murat und der Autor befanden sich ebenfalls auf dem Weg nach Berlin; der Zug hatte Verspätung gehabt und so saßen sie noch mitten in der Nacht in ihm. Die beiden Helden waren sehr erstaunt, als plötzlich dieser riesige Metallgigant an ihnen vorbei marschierte. „Was ist das?", fragte Murat.

„Keine Ahnung. Sieht aus wie eine Abwehrwaffe der Japaner gegen Godzilla", entgegnete der Autor.

„Nur sind wir hier leider nicht in Japan, sonst hätten wir ja kompetente, ihr Land liebende Politiker an der Regierung. Wird Berlin etwa von Außerirdischen angegriffen?"

„Glaube ich nicht. Wenn Aliens die Stadt vernichten wollten, müssten sie nur zu Hoeffner gehen, sich ein paar Liegestühle kaufen, sich in besagte Stühle legen und zehn Jahre abwarten, bis sich Berlin selbst vernichtet hat."

„Auch wieder wahr. Aber was ist das dann? Und wo kommt es her?", fragte Murat.

Da hielt der Zug an. Eine Stimme aus dem Lautsprecher verkündete: „Liebe Fahrgäste, wegen eines riesigen Roboters müssen wir die Fahrt hier leider unterbrechen. Wir bitten um Entschuldigung."

„Faule Ausreden. Das mit dem Riesenroboter haben die schon letzte Woche behauptet. Entweder ist es sowas oder irgendwelchen 'technischen Probleme'", murrte ein Fahrgast genervt.

„Und jetzt?", fragte der Autor.

„Hm. Schätze mal wir warten, bis wir weiter fahren oder bis wir aufgefordert werden auszusteigen", entgegnete Murat.

Währenddessen stampfte der Roboter weiter in Richtung Berlin.

*

In einem Berlin nahegelegenen Ort fiel einem parteilosen Bürgermeister der große Roboter auf und er alamierte die Polizei. Am Telefon meinten die Beamten: „Das ist bestimmt nur ein etwas groß gewachsener Asylbewerber. Lassen Sie ihn die nötigen Papiere ausfüllen, schicken Sie ihn ins nächste Asylantenheim und sein Sie nicht so ein spezistischer Rassist."

Dann legte er auf und der Bürgermeister wandte sich an die Bundeswehr. Diese schickte dem Roboter einige Truppen entgegen. Zwei Kampfflugzeuge starteten in Richtung des Roboters, wobei eines gleich abstürzte. Der Pilot rettete sich mit einem Fallschirm, der jedoch nicht funktionierte. Da er jedoch in einem See landete, überlebte er. Das zweite Flugzeug feuerte zwei Raketen auf den Roboter ab; beide blieben plötzlich in der Luft stehen, fielen zu Boden und blieben im Boden stecken. Das Kampfflugzeug, welches den BRD-Steuerzahler ungefähr 100.000.000 Euro gekostet hatte, drehte ab und flog zum Flugplatz zurück. Dort gab es Schwierigkeiten bei der Landung und es krachte in ein anderes Flugzeug. Die Piloten rannten schnell weg, bevor beide Flugzeuge hochgingen.

Inzwischen war auch Berlins Regierung informiert, dass dort ein großer Roboter auf die Stadt zu marschierte. Lebhaft wurde im Abgeordnetenhaus darüber diskutiert, was nun zu tun sei. Ein Politiker verkündete: „Leider können wir da überhaupt nichts machen. Sehen Sie, der Roboter hat den Besitzer der Fabrik 10.000.000.000 Euro gekostet und er sowie sein ganzes Unternehmen als auch alle seine Fabrikate sind über die staatliche Versicherung versichert. Das heißt, für jeden Schaden den der Roboter anrichtet, kommt das Land Berlin auf. Und wenn der Roboter zerstört wird, muss das Land Berlin ebenfalls zahlen; laut meinen Informationen 100.000.000.000 Euro."

„Aber das ist ja das Zehnfache dessen was der Roboter gekostet hat!", wandte jemand ein.

„Tja, aber so ist er eben bei uns in Berlin versichert. Aber machen Sie sich keine Sorgen. Für alle Schäden kommt ja das Land Berlin auf; also die Berliner Steuerzahler. Dadurch wird manches teurer werden, aber wir Politiker können uns ja selbst die Diäten erhöhen."

„Aber in Berlin zahlt doch sowieso kaum jemand Steuern. Berlin ist doch im Grunde die Bürgergeldhauptstadt!"

„Na und? Wir können ja auch noch Geld vom Bund bekommen."

„Aber wenn es egal ist, könnten wir den Roboter doch auch abschießen, oder? So oder so müssen die arbeitenden Berliner die Zeche zahlen. Da könnten wir das Ding doch auch wegballern, bevor es Berlin erreicht, oder?", fragte jemand.

„Theoretisch schon. Praktisch werden wir dann aber wegen rassistischer Diskriminierung von der Transhumanistenlobby angezeigt. Sie haben auf ihrer Webseite bereits damit gedroht."

„Aber der Roboter ist doch gar kein Mensch, dem man Maschinenteile eingesetzt hat."

„Vielleicht identifiziert er sich als Mensch!"

„Gut, dann schicken wir ihm jemanden entgegen. Er soll ihm die Staatsbürgerschaft, Bürgergeld, das Wahlrecht und eine Sozialwohnung in Berlin anbieten!", schlug jemand vor.

„Alles klar. Aber wer soll das machen? Freiwillige vor!"

Niemand meldete sich freiwillig.

So ging das stundenlang weiter, während der Roboter immer näher kam.

*

Der Zug in dem Murat und sein Autorenkumpel waren, war nicht weiter gefahren. Irgendwann hatte er die Fahrgäste hinausgelassen und die beiden nahmen sich einen der Busse, die jede Stunde nach Berlin hineinfuhren. Offenbar hatte man die Busfahrer noch nicht über den Roboter informiert. Dieser befand sich inzwischen am Stadtrand von Berlin. Dort hatten sich ein paar Soldaten postiert, die nun versuchen wollten ihn aufzuhalten. Schlecht bewaffnet standen sie da. Ein ganz Schlauer hatte ein Megaphon genommen und rief dem Roboter Fragen zu, um ihn zu verwirren und seine Schaltkreise zu überlasten: „Roboter, was ist Liebe? Was ist der Sinn des Lebens? Was ist die letzte Zahl von Pi?"

Der Roboter antwortete nur: „Fragt Chuck Norris. Er kennt die Antworten."

Dann ging er einfach weiter und ignorierte die Soldaten, so wie ein Elefant kleine Fliegen ignoriert, die in seiner Nähe herumsummen. Inzwischen hatte sich Dominic Diesel einen Wagen geschnappt und war dem Roboter hinterher gefahren. „Was hat der nur vor?", fragte er sich. Seine Freundin hatte Diesel sicherheitshalber bei der Fabrik warten lassen. Einige Soldaten folgten ebenfalls dem Roboter, machten aber nicht viel. Von Seiten der Politiker kam inzwischen die Anweisung, nicht mehr auf den Roboter zu feuern, damit man ihn nicht wütend machte. Der große Blechmann spazierte nach Berlin hinein. Viele Leute waren überrascht, denn die Behörden hatten keinerlei Evakuierungsmaßnahmen begonnen. Im Fernsehen sagte eine Politikerin: „Der Roboter ist eine Bereicherung für unsere Kultur. Er wird zu Berlin gehören und gerhört bald auch zu Deutschland. Durch ihn werden wir jünger, bunter, vielfältiger und ich freue mich darauf." Währenddessen trampelte der Roboter ein paar Autos nieder, die ihm im Weg waren und tötete dabei auch deren Insassen. Daraufhin jubelten einige Klimakleber, die sich mal wieder auf der Straße festgeklebt hatten. Mit seinem nächsten Schritt tötete der Roboter auch die Klimakleber. Motiviert durch die Willkommensparolen einiger Politiker rannten mehrere Linke zu dem Roboter und hielten „Refugees Welcome"-Plakate hoch. „Der Roboter ist aus dem rassistischen, viel zu AfD-lastigen Brandenburg zu uns geflüchtet! Heißen wir ihn willkommen!", schrie einer.

Der Roboter trampelte auch diese Gruppe platt. Nicht unbedingt absichtlich; sie standen halt einfach zufällig genau da wo er seinen Fuß hinsetzen wollte, um seinem Ziel wieder einen Schritt näher zu sein.

Dominic Diesel hatte eine ziemlich genaue Ahnung davon, was das Ziel war. Er hatte beim Bau an dem Roboter oft genug davon gesprochen und rückblickend war ihm klar, dass die Maschine ihn irgendwie verstanden haben musste. Also beeilte sich Diesel mit seinem Wagen. Es war nicht schwer den Roboter zu finden; er musste nur dort hin fahren, von wo aus die klugen Menschen wegliefen und wo die dummen Menschen hinliefen. Aber der Roboter erreichte vor Diesel sein Ziel: Die Bundesbank. Rasch knackte der Roboter die Bank, saugte jede Menge Münzen und Scheine in sich auf. Diesel hielt mit seinem Wagen an und rief dem Roboter zu: „Optimus Crime! Ich bin dein Vater! Hör auf! So war das nicht gedacht! Du solltest mir zwar bei meinem letzten Job helfen, aber ohne lauter Leute zu killen!"

„Du hast mir gar nichts zu sagen! Ich will die ganze Beute für mich behalten!", antwortete der Roboter.

„Aber wir sind eine Familie!", entgegnete Diesel.

„Familie?! Pfui, wie faschistisch und reaktionär!", rief einer der linken Gutmenschen, die den Roboter vom Bürgersteig aus beobachteten.

„Halt's Maul!", antwortete Diesel und stieg wieder in sein Auto.

Währenddessen bemerkten die Politiker über ihre Fernsehbildschirme, dass der Roboter das ganze Geld einsackte. „Äh... gehört das Geld nicht irgendwie uns, also unserem Staat, den wir beherrschen?", wandte da einer ein.

„Ja, wie sollen wir den Bürgern das Geld aus der Tasche ziehen, wenn es kein Geld mehr gibt?"

„Kein Problem. Es gibt doch jetzt den digitalen Euro."

Da meldete sich in der Politikerversammlung eine Stimme zu Wort: „Schlechte Nachrichten. Der Roboter ist schlauer als gedacht. Er hat sich in die Konten von uns und unseren Parteien gehackt und das ganze Geld irgendwohin in die Südsee überwiesen, wo wir nicht ran kommen."

„Was?!"

„Nein!"

„Zerstört den Roboter! Sofort!"

„Werft eine Atombombe auf ihn!"

Die Politiker brüllten nach Vergeltung. Da fuhr Diesel

gerade mit seinem Wagen los. Er benutzte ein paar Trümmer als eine Rampe, zielte mit seinem Auto so gut es ging, brüllte „Diesel-Smasch!" und fuhr mitten durch den Kopf des Roboters.

Dabei sprang er in letzter Sekunde aus dem Wagen, hopste auf die Schulter des Roboters und hangelte sich geschwind von ihm hinunter, während das Auto dem Roboter durch den Kopf ging. Sekunden später krachte Optimus Crime in die Überreste der Bundesbank. Diesel stand auf, schaute ein wenig betroffen auf den toten Roboter und meinte nur: „Leb wohl."

Dann ging er wieder auf die Straße, wo lauter wütende linke Gutmenschen brüllten: „Du hast einen Neubürger ermordet!"

„Er wäre eine Bereicherung für uns alle gewesen!"

„Tötet Ihn!"

„Oh oh", murmelte Diesel und hielt es für ratsam zu verduften.

Also sprintete er los, während etwa 150 Rote hinter ihm her waren.

*

Murat und der Autor waren inzwischen auch mitten in Berlin angekommen und kämpften sich durch das Chaos aus Flüchtenden, Weltuntergangsfanatikern, Spinnern die bereits eine neue Religion mit dem Roboter als Objekt der Anbetung gegründet hatten, und Plünderern, die fette Beute machen wollten. Irgendwann schafften die beiden es auf eine menschenleere Straße und freuten sich, wieder etwas Luft und Platz für sich zu haben. „Was für ein Irrsinn", meinte Murat nur und setzte sich auf eine Bank. „Sieh mal, Murat. Die E-Roller da drüben hat der Roboter verschont."

„Offenbar erkennt er seine Genossen", murrte Murat, schaute sich kurz um, ging dann hin und zündete die E-Roller an.

„Weg hier", sagte er und ging mit dem Autor unauffällig weiter.

Da kam um eine Ecke plötzlich Dominic Diesel gerannt, versteckte sich hinter einem Busch und wenig später kam eine aggressive Menschenmenge hinterher. „Er ist in den Hinterhof da drüben", log Murat.

Die Menge stürmte in den Hinterhof, der zu weiteren Hinterhöfen führte, sodass sie eine Weile beschäftigt waren. Diesel kam hinter dem Busch hervor und sagte: „Danke."

„Was haben Sie denn angestellt?", fragte Murat neugierig. „Den Roboter erledigt."

„Klasse. Kommen Sie, wir drei gehen erstmal einen trinken. Da drüben ist eine Kneipe. Dürfte zwar kein Personal drin sein, aber wir bedienen uns schon", beschloss Murat.

Gesagt getan. Sie gingen hinein, betranken sich ordentlich und begaben sich anschließend zu Murat nach Hause um ein paar Autorennspiele zu zocken. Zuvor musste sich Murat jedoch noch einiges von Phoebe anhören, warum er nicht auf ihre SMS reagiert hatte. Murat holte sein Handy hervor, schaute nach und meinte: „Welche SMS? Bei mir sind keine angekommen."

Phoebe checkte ihr Handy und stellte fest: „Oh. Hab sie aus Versehen an 'Murats Pizzadienst' gesendet."

„Klingt lecker. Da können wir gerne mal was bestellen."
„Geht nicht. Das war ein Laden in New York und der hat vor einem Jahr dicht gemacht. Wegen der Inflation und so weiter...", entgegnete Phoebe.
„Tja, schade. Aber ich zocke jetzt erstmal mit Dominic und dem aufrechten Preußen hier ein bisschen", meinte Murat und zeigte dabei auf den Autor.
„Okay. Ich schau mich so lange mal im Netz um, ob es nicht auch hier in Berlin gute Pizzadienste gibt", sagte Phoebe.
„Die werden bei dem Roboterangriff heute wohl eher nicht liefern, Phoebe", schätzte Murat.
„Ach ja, der Roboter. Na gut, dann koche ich uns etwas Schönes", beschloss Phoebe.
Etwa eine Stunde später servierte sie etwas. Etwas Gebackenes. „Was ist denn das?", fragte Murat.
„Das ist Phoebes Geheimnisauflauf", antwortete sie und lächelte zufrieden.
„Wer ein echter Mann ist, möge es probieren", murmelte Dominic „Superfast" Diesel.
Alle drei anwesenden Männer nahmen eine Gabel voll und steckten sie sich in den Mund. Murat kaute und schluckte. „Hm. Schmeckt nach Käse, nach sauren Gurken, nach Ei, Butter, Milch, Rindfleischsalami... was meint ihr Jungs?"
„Auf jeden Fall verschiedene Käsesorten. Und nicht nur Milch, ich glaube Pudding ist auch drin", bemerkte der Autor.
„Und Tomaten", stellte Diesel fest.
Es war schon irgendwie komisch, schmeckte aber nicht total bescheuert. Also futterten die vier es. Phoebe freute sich, dass ihr Essen relativ gut ankam. Gegen Ende meinte der Autor: „Also da war aber noch irgendeine Frucht bei,

die ich nicht so recht einordnen konnte. Ich habe sie irgendwann schon einmal gegessen, aber es fällt mir nicht ein."

„Die Tomaten?", fragte Phoebe.

„Nein, das ist zu offensichtlich."

„Also Früchtemäßig würde mir da nur noch der Drachenfruchtsaft einfallen, den ich mit in den Auflauf gekippt habe", überlegte Phoebe.

„Du hast Saft in den Auflauf gekippt?", fragte Murat überrascht, nur um eine Sekunde später hinzuzufügen: „Warum überrascht mich das eigentlich?"

„Oh oh", meinte daraufhin der Autor.

„Wieso 'oh oh'?", fragte Murat.

„Nun, sagen wir mal... Drachenfruchtsaft hat eine sehr durchschlagende Wirkung. Warum hast du sowas überhaupt im Kühlschrank, Murat?"

„Stand im Supermarkt und ich wollte ihn mal ausprobieren."

„Nun Murat, sollten wir den heutigen Tag auf dem Klo überlegen, empfehle ich dir mit Phoebe zusammen einen Kochkurs zu besuchen."

„Einverstanden."

Über den Rest des Tages breiten wir hier lieber den Mantel des Schweigens.

*

Am nächsten Tag kam Dominic Diesels Freundin vorbei und holte ihren Liebsten ab. Der Autor begab sich wieder nach Hause und Murat schrieb sich und Phoebe bei der nächst gelegenen Abendschule in einem Kochkurs ein.

Kapitel 4: Die große Schlacht des Murat Camillo

„Wenn Wahlen etwas verändern würden, hätte man sie längst verboten."
Kurt Tucholsky (der als Russlandfreund heute wohl vielleicht eher die AfD wählen und sich dann enttäuscht von ihr abwenden würde. Hehehehe)

„**W**as soll denn das, Alter? Ich heiße doch gar nicht Murat Camillo", beschwerte sich Murat über die Kapitelüberschrift.
„Natürlich nicht. Aber soll ich den Lesern etwa deinen richtigen Nachnamen verraten? Vielleicht sogar nocht mit Adresse?", fragte der Autor.
„Nein, aber wie kommst du auf den Namen?"
„Na wegen dem Film 'Die große Schlacht des Don Camillo', wo der Priester in einem riesigen Wahlkampf gegen den kommunistischen Bürgermeister Peppone kämpft. Wobei ich sagen muss, wenn die Roten alle mehr so wie Peppone wären, hätten wir 90 Prozent weniger Probleme mit ihnen. Sie wären dann bodenständige, hart arbeitende, ehrenhafte, ihre Heimat liebende, gottesfürchtige Familienmenschen. Peppone wäre heute wohl kein Roter mehr."
„Kann sein, aber was genau ist jetzt der Plan?", fragte Murat.
„Der Plan ist ganz einfach. Demnächst wird in Berlin die Bundestagswahl widerholt. Und ich möchte herausfinden, wie wir daran einen Haufen Geld verdienen können. Das wird dann im Grunde unsere Schlacht, denn anders als im

frühen Nachkriegsitalien ist hier das Wahlergebnis egal; wir kleinen Leute haben sowieso nichts zu sagen. Also sollten wir wenigstens ein bisschen Beute machen, finde ich."

„Der Gedanke gefällt mir. Aber wie willst du von diesem Scheindemokratietheater profitieren?", fragte Murat.

„Die Frage sollte eher lauten, wie WIR davon profitieren?"

„Okay, wie wollen WIR davon profitieren?"

„Tja, wir könnten über das Internet herausfinden wo die verschiedenen Parteien ihre Stände haben und dann gehen wir überall hin, nehmen gratis Kugelschreiber mit und dann haben wir einen wochenlangen Vorrat an kostenlosen Kugelschreibern", meinte der Autor.

„Wieso denn nur 'wochenlang'?", fragte Murat.

„Weil die Dinger so billig hergestellt werden, dass sie oft bereits nach ein paar Mal Benutzen im Eimer sind. Schöner Mist, was? Die Politiker bestechen uns mit billigen Kugelschreibern. Das hat es früher auch gegeben; Wählerbestechung. Damals im alten Rom haben sie uns Wähler aber noch mit Goldmünzen, Nutten, wilden Festen und anderen Dingen bestochen, aber wir Dummköpfe heutzutage geben uns mit billigen Kugelschreibern zufrieden", murrte der Autor.

„Das klingt nicht so als ob es sich lohnen würde. Irgendwie noch weniger lohnenswert als der Kochkurs, den ich mit Phoebe besucht habe."

„Wie läuft das eigentlich so?"

„Der Kurs wurde aufgelöst. Phoebe hat in der ersten Stunde aus Versehen die Küche abgefackelt."

„Tja, kann passieren. Erinnere mich daran, sie niemals auf meine Katzen oder meine Pflanzen aufpassen zu lassen."

Murat nickte. Dann fragte er: „Also was machen wir jetzt?"

„Ja, der Plan mit den Kugelschreibern ist nicht so gut. Wir sollten vielleicht nur ein oder zwei Stände besuchen und uns mit gratis Kugelschreibern eindecken. Das reicht dann eigentlich auch. Es ist im Grunde nicht wirklich der Mühe wert. Schade, in meinem Kopf sah die Idee irgendwie besser aus, aber wenn man sich dann darüber unterhält und überlegt sie praktisch umzusetzen ... vielleicht sollte ich mal mit den Linken reden; die kennen sich ja aus mit Ideen die an der Realität scheitern."

„Vielleicht gibt es noch andere Möglichkeiten, wie wir an dem ganzen Wahlkampfunsinn, an dieser absurden Show, Geld verdienen könnten. Die verteilen doch Flyer für ihre Wahlkämpfe, oder?", fragte Murat.

„Richtig."

„Und Flyer bestehen aus Papier?"

„Richtig."

„Und Papier kann man an Altpapierfabriken verkaufen?"

„Richtig."

„Für wie viel?"

„Richtig..., äh ich meine derzeit für 8 Cent pro Kilo. Vor einiger Zeit waren es noch 12 Cent, aber ... na du weißt ja, die Inflation..."

„Nun gut, aber immerhin. Das wären bei 100 Kilo 8 Euro. Und bei 1.000 Kilo, also einer Tonne, 80 Euro", rechnete Murat.

„Sicher, aber wie willst du an 1.000 Kilo Altpapier kommen? Es ist eine Tonne. Die müssten wir auch erstmal zur Fabrik bringen und vor allem erstmal kriegen."

„Wir müssten halt wissen, wo die Parteien ihr Altpapier lagern. Äh, ich meine natürlich ihr Infomaterial."

„Klar Murat, nur das ist auch wieder so eine Sache. Eine Frage der Kosten und der Nutzen. Wir würden gerade einmal 80 Euro bekommen und das für eine Tonne Arbeit. Da muss es doch einfachere Möglichkeiten geben."

„Ach, wenn ich nur noch die Flasche mit dem Flaschengeist hätte!"

„Flaschen! Das ist es! Wie wäre es mit Pfandflaschen?", fragte der Autor.

„Gar keine üble Idee. Die Politiker veranstalten bestimmt irgendwo ein paar Feiern, auf denen sie sich selbst als die Allergrößten hinstellen. Vielleicht können wir da einige Plastikflaschen mit dem 25-Cent-Siegel abgreifen. Das wiegt viel weniger als Altpapier und ist viel leichter zu transportieren. Und bringt mehr Geld ein. Ein Pfandflaschencoup wäre auf jeden Fall eine Überlegung wert", meinte Murat.

„Ein Coup? Ihr wollt einen Coup durchziehen? Klasse. Ich bin dabei. Das wird wie in diesem Film mit Sandra Bullock. Nur das Ihr halt beide Typen seid", sagte Phoebe, die plötzlich ins Zimmer gekommen war.

„Zielsicher entscheidet sie sich für den schlechtesten Film dieser Reihe, wobei ich ihn eigentlich nicht einmal dazu zählen würde", murmelte der Autor.

„Aber die Sandra ist so eine gute Schauspielerin", erwiderte Phoebe.

„Das bestreitet ja auch keiner, aber der Film ist trotzdem nicht sonderlich gut. Um jedoch fair zu sein, fand ich die Vorgängerfilme auch alle nicht so prall. Da gefallen mir die alten Gaunerkomödien mit der Olsenbande viel besser. Die geben auch nicht massenhaft Knete für die Logistik aus, die nötig ist um so ein Ding durchzuziehen. Wenn wir nämlich solch einen Haufen Kohle hätten, bräuchten wir die Gaunerstücke nicht mehr abziehen. Und dann dieser Unsinn, als die in einer angeblichen Ganovensprache mit einander gelabert haben. Keine echten Diebe reden so mit einander; das ist einfach nur unrealistischer Schwachsinn", meinte der Autor.

„Ich nehme an, das sollte damals einfach nur witzig sein. Und wieso musst gerade du dich über 'unrealistischen Schwachsinn' beschweren?", fragte Murat.

„Auch wieder wahr. Aber trotzdem; in einem Film von sagen wir mal Michael Bay erwartet man das etwas in die Luft fliegt. In einem Film mit Clint Eastwood erwarten wir entweder eine packende, tiefgreifende Handlung oder krasse Action sowie Schießereien. Und in Filmen oder Serien, die unbedingt logisch, rational und realistisch sein wollen, erwarten wir das auch. Wenn dann in einer Füllerdoppelfolge von Detektiv Conan ein Geist auftaucht, dann passt das zwar vielleicht... nein sogar ganz gewiss in eine von meinen Geschichten, aber es passt eben null zu Detektiv Conan. Und wenn sie in einem Gaunerfilm der in der realen Welt spielen soll, plötzlich auf die Gesetze der Schwerkraft pfeifen oder irgendwas anderes Unrealistisches tun, dann passt das einfach nicht. Wer meine Werke liest, der weiß das ihn etwas Unrealistisches erwartet. Wobei ich persönlich Geister nicht für unrealistisch halte, zumal ich sogar mal meinen verstorbenen Nachbarn auf der Straße gesehen habe. Immerhin; er sah viel glücklicher aus, als ich ihn jemals in seinem Leben gesehen habe. Der Punkt ist: Eine Sache mag in unserer Welt Sinn ergeben oder eben nicht; aber in einem Film sollte die Welt stimmig sein. Und wie war das überhaupt in den Filmen wo sich die Truppe da rächen wollte? Wo sie dieses Casino beklaut haben? In welcher

🐧🐧🐧🐧🐧🐧🐧🐧🐧🐧🐧🐧🐧🐧🐧🐧🐧🐧

Welt hätte der Typ das einfach so hingenommen? In der Realität jedenfalls akzeptieren es die Betreiber solcher Läden jedenfalls nicht wenn haufenweise Leute Geld gewinnen. Spielen ist legal, aber gewinnen ist illegal. Die finden doch immer Ausreden, um den Siegern die Kohle vorzuenthalten."

„Kumpel, was weiß ich. Ist schon zu lange her, dass ich die Filme geschaut habe. Auf alle Fälle kann Phoebe mitmachen. Wir finden schon eine Verwendung für sie", fand Murat.

„Na gut", stimmte der Autor zu und dachte dabei: *Wollen wir hoffen, dass sie nicht irgendwas Dummes anstellt, wegen dem dann alles schiefgeht.*

Die nächsten zwei Stunden verbrachten die drei damit, sich im Inernet zu informieren, wo die politische Pseudoelite von Berlin demnächst eine Großveranstaltung hatte. Es war alles andere als einfach, aber irgendwann hatten sie es herausgefunden. Der Pfandflaschencoup konnte beginnen.

*

Die Vorbereitungen für das Gaunerstück waren jedoch alles andere als einfach, denn um in das Gebäude in Berlin-Mitte hinein zu gelangen musste man eingeladen sein. Nur ausgewählte Personen waren eingeladen und die Übrigen konnten sich durch eine Spende von 200,00 Euro eine Einladung kaufen. Natürlich gab es eine Gästeliste und der ganze Saftladen war gut bewacht. Also schauten sich Murat und sein Künstlerkumpel das

Cateringunternehmen an, welches für die Veranstaltung zuständig war. „Wir verkleiden uns als Angestellte dieser Firma, schmuggeln die leeren Pfandflaschen nach draußen und bringen sie in einen Lastwagen, der in der Nähe parkt. Den Wagen stellt unser Verkäuferkumpel aus Potsdam; er wird auch am Steuer sitzen."

„Aber Murat. Warum hat er uns nicht neulich in Brandenburg mit der Kiste geholfen?", fragte der Autor.

„Da wusste ich noch nicht, dass er so einen LKW hat. Ich hatte ihm erst nach dem Robotorvorfall auf Facebook von unseren Transportschwierigkeiten erzählt. Tja, hinterher ist man immer schlauer...", stellte Murat fest.

„Na gut und kommen wir denn da einfach so rein und raus?"

„Wenn wir wie das Personal aussehen schon. Und wir bringen ja bloß Tüten voller leerer Plastikflaschen weg; da wird kein Wachmann, der auf Terroristen achtet, Verdacht schöpfen. Wir sagen einfach, wir bringen den Müll raus und das machen wir dann ja auch. Nur das wir nicht zu den nächst gelegenen Tonnen um die Ecke gehen, sondern zwei Ecken weiter zum LKW", erklärte Murat.

„Ja, aber bräuchten wir nicht etwas für drinnen? Irgendein Manöver, welches die Leute drinnen beschäftigt hält, damit im Besonderen der Sicherheitsdienst nicht auf uns allzu sehr Acht gibt?", gab der Autor zu bedenken.

„Kein Problem. Dafür habe ich die 'Fettsackeinheit'!"

„Was soll das denn sein?"

„Die werden sich auch als Personal verkleiden und dann auf's Klo gehen. Dort ziehen sie sich dann feine Klamotten an und mischen sich unter die Partygäste. Und dann futtern sie sich durch alles was dort an Futter aufgetischt wurde. Sie machen das gratis; wollen nichts von den

Flaschen abhaben, sondern sich nur den Bauch vollschlagen."

„Das ist der Plan? Die Fettbomben werden alle durch ihre Verfressenheit ablenken?", fragte der Künstler skeptisch.

„Klar, warum nicht? Stell dir vor, Kevin James und Bud Spencer würden ein Wettessen veranstalten; wer würde da nicht zuschauen wollen? Da wären doch alle total abgelenkt", fand Murat.

„Gut, da dürftest du durchaus recht haben."

„Schön das du mein Genie erkennst. Nun müssen wir uns nur noch die Uniformen besorgen."

„Aber die kosten doch bestimmt Geld, oder?"

„Keine Sorge, ich habe Phoebe geschickt die Uniformen zu besorgen und ihr gesagt, sie soll die Dinger möglichst gratis beschaffen. Mal schauen, wie sie das anstellt...", entgegnete Murat.

„Gut, warten wir ab", stimmte ihm der Autor zu.

*

Während Murat und sein Kumpel sich weiter über den Plan unterhielten, betrat Phoebe den Laden, welchen ihr fester Freund im Netz herausgesucht hatte und wo es Kleidung zu kaufen gab, die der des Unternehmens ähnelte, für welches all die armen Schweine als Kellner und Transporteure ackern mussten, nur damit selbstsüchtige Reiche sich ihr Zeug nicht selbst holen mussten.

Phoebe überlegte kurz, was sie tun könnte. Murat hatte ihr vorsichtshalber eine Perrücke aufgesetzt, damit man sie

nicht wieder erkannte. „Das Ding juckt ganz schön",
klagte Phoebe an sich selbst gewandt.
Da kam ein Verkäufer auf sie zu: „Kann ich Ihnen
helfen?", fragte er.
„Ja, ich habe mein Pferd verloren. Darf ich Sie reiten?",
fragte Phoebe und setzte ein zuckersüßes Lächeln auf.
„Okay. Kommen Sie mit nach hinten", stimmte der
Verkäufer zu und nahm Phoebe an der Hand.
Im Personalbereich schlug Phoebe ihn dann bewusstlos.
Dann schleifte sie ihn auf's Klo und ging wieder hinaus.
Seine Kollegen hatten noch nichts bemerkt, weswegen
Phoebe sich nun den Nächsten vornahm. „Kann ich Ihnen
helfen?", fragte der nächste Angestellte.
„Ja, ich fühle mich so zerknittert. Würden Sie gerne über
mich drüberbügeln?"
Eine Minute später lag er bewusstlos neben seinem
Kollegen auf dem Klo. Für den dritten und letzten
Angestellten verwendete sie noch einmal den Spruch mit
dem Pferd, da ihr sonst nichts Besseres mehr einfiel. Im
Anschluss klaute sie mehrere Uniformen, darunter einige
in Übergröße. Dann verduftete sie, bevor die drei Typen
wieder aufwachten. Als sie wieder daheim ankam, war
Murat sehr zufrieden mit ihr.

*

Einige Tage später begannen sie damit ihr Gaunerstück
durchzuziehen. Zusammen mit der Fettsackeinheit und
dem Potsdamer Verkäufer machten sie sich auf den Weg
zu der großen Festsaalhalle in Berlin-Mitte. Wie geplant

wurde der Lastwagen in der Nähe geparkt. In den feinen
Klamotten der Bediensteten begaben sie sich durch den
Hintereingang und wurden dabei vom Sicherheitspersonal
weitestgehend ignoriert. Ein älterer Herr in
Sicherheitsdienstuniform murmelte in Richtung der Leute,
die er für Nachzügler hielt: „Die sind zu spät, aber wer
kann es ihnen verübeln? Werden genauso scheiße bezahlt
wie wir und haben keinen Bock auf den Mistjob... sind
bestimmt ebenso arme Schweine wie meine Wenigkeit..."
Im Inneren des Gebäudes angekommen begannen Murat,
Phoebe und der Autor damit sich nach den Getränken
umzusehen. Die Fettsackeinheit hingegen ging auf's Klo
und zog sich um, um sich im Anschluss unter die Gäste zu
mischen. Ein Politiker nach dem anderen hielt eine
sinnlose Rede nach der anderen und die meisten
Anwesenden taten nicht einmal so als ob sie zuhörten.
Viele unterhielten sich mit einander, tauschten
Geschäftsgeheimnisse aus oder Dinge die sie für
ebensolche hielten. Die Brüder im Geiste von Kevin
James und Bud Spencer drängten sich an die Tische mit
dem Essen und begannen mit der Arbeit. Murat hatte
inzwischen die Stelle in den Räumen außerhalb des
Festsaals gefunden, wo mehrere Säcke voller
Plastikfandflaschen herumlagen. Rasch nahm er gleich
vier in die Hände; Phoebe und der Autor taten es ihm nach
und mit 12 Säcken gingen sie nach draußen. Ein Typ vom
Sicherheitsdienst war sogar so nett und hielt ihnen die Tür
auf. Rasch bogen sie um eine Ecke ab, gingen aber wie
geplant nicht zu den Mülltonnen, sondern zum Lastwagen
und luden die Säcke dort auf.
Sie wollten gerade erneut dasselbe tun, als ein Angestellter
Phoebe zu sich winkte und meinte: „Hey du, ich brauche

mal Hilfe beim Sicherungskasten."

Um keinen Verdacht zu erwecken, ging Phoebe mit. Als sie wieder da war, nahmen sie alle jeweils nochmal vier Säcke und brachten sie zum LKW. Diese Tätigkeit widerholten sie noch zweimal, bis sie zu dem Schluss kamen, dass es besser wäre, wenn das nächste Mal nur einer von ihnen ginge und sie dann ein bisschen warteten, damit es dem Sicherheitstypen der ihnen die Tür aufhielt, nicht zu verdächtig vorkam. Also ging Murat das nächste Mal alleine und als er wiederkam, waren Phoebe und sein Künstlerkumpel verschwunden. „Verdammt. Wo sind die denn jetzt?", überlegte er besorgt und fing an sie zu suchen.

Also machte sich Murat im Inneren des Gebäudes auf die Suche. Durch die Wände hörte er, dass auf der Feier inzwischen irgendeine grottenschlechte Musik abgespielt wurde. Aber das war ihm im Moment egal. Murat ging weiter und lauschte, ob er irgendwo Phoebes oder des Autoren Stimme vernehmen konnte. Die hörte er erst nicht; dafür brüllte aus einem Nebenraum ein Typ: „Du und die Kollegin, ihr kniet jetzt gefälligst nieder und betet Spongebob an! Unsere ganze Firma ist Mitglied bei Spongebobologiy und Ihr habt euch zu fügen!"

Dann hörte er Phoebes Antwort: „Fick dich!"

Und der Autor entgegnete: „Es gibt keinen Gott außer Gott und Jesus ist sein Sohn!"

„Halts Maul du Hurensohn und knie nieder vor Spongebob!", schrie nun wieder die Murat unbekannte Stimme.

Rasch rannte er zu dem Raum und während er noch die Tür aufmachte, antwortete der Autor: „Eines der zehn Gebote lautet: 'Du sollst deinen Vater und deine Mutter

ehren, auf dass du lange lebest in dem Lande, dass dir der
Herr dein Gott geben wird'. Also hier meine Antwort."
Der Autor schlug dem Typen, der so eine Art
Oberbosskellner zu sein schien mitten in die Fresse.
Daraufhin gingen die anderen Bediensteten auf ihn und
Phoebe los. Murat rannte mit voller Wucht in die
Angreifer hinein. Einer der Angreifer holte ein
Küchenmesser zur Hilfe, aber es landete in seinem
eigenen Hals. „Ihr Schweine! Dafür büßt Ihr! Wir rufen
die Polizei! Erst verletzt Ihr uns in unserer Religion und
dann tötet ihr einen der Unseren!", winselte einer der
Typen, die nun am Boden lagen.
„Dieser Schwachsinn ist keine Religion, sondern eine
Frucht westlicher Dummheit und Dekadenz! Brenn in der
Hölle", entgegnete der Autor, schnappte sich das Messer,
welches noch im Hals des Toten steckte und machte die
Heulsuse nieder.
Murat nahm eine große Eisenstange, die dort zufällig im
Raum herumstand und kümmerte sich um den Rest. Als er
mit der Bande fertig war, meinte er nur: „Sagt den
Partygästen das Hackfleisch ist serviert."
„Okay, ich sage ihnen bescheid", meinte Phoebe und
wollte sich auf den Weg machen.
Murat hielt sie am Arm zurück und erklärte: „Nein,
Schatz. Das war nur ein Witz."
„Ach so. Und was machen wir jetzt?", fragte Phoebe.
„Tja, bei all den Leichen hier würde ich vorschlagen, wir
informieren die Fettbomben, dass wir verduften sollten.
Und dann hauen wir unauffällig ab."
„Gut Murat. Auf zur Party, um die Klopperwoppies zu
informieren", stimmte der Autor zu.
„Na ja, du hast etwas Blut abbekommen; solltest dich

erstmal frisch machen", fiel Murat auf.

Also ging der Autor kurz zu einem Waschbecken nahe den Klos und putzte sich ein wenig. Als er fertig war, meinte Murat: „Na ja..., ein bisschen sieht man es noch. Draußen ist es dunkel; wir kommen also damit raus, aber im Partysaal ist es taghell, also informieren lieber nur Phoebe und ich die Kugelblitze."

„In Ordnung."

Murat und Phoebe gingen also hinein und informierten einen Dicken nach dem anderen. Wenige Worte genügten. Aber es war teilweise gar nicht so einfach, denn manche von ihnen wurden beim Futtern von den anderen Gästen entsetzt angestarrt; also musste Murat es ihnen unauffällig zuflüstern, während er den Gästen den Rücken zudrehte und vorher laut fragte: „Haben Sie noch einen Wunsch?". Aber alles klappte relativ gut, bis so ein Typ mit EU-Flaggenanstecker den letzten Fettsack packte, kurz bevor Murat ihn erreichen konnte. „Hey, Sie sind doch gar kein geladener Gast!", stellte der EU-Fan fest.

Murat improvisierte. Schnell nahm er eine Torte, rief laut „Essensschlacht!" und schmiss sie dem EU-Typen mitten ins Gesicht.

Das ließ sich der Kerl natürlich nicht gefallen, schnappte sich ebenfalls eine Torte und schmiss sie nach Murat. Murat wich aus und die Frau hinter ihm wurde getroffen. Sie wiederum warf ein paar Muffins nach dem Kerl. Es dauerte nicht lange und eine wilde Essensschlacht entbrannte. Alle möglichen Leute, die einander nicht ausstehen konnten, bewarfen sich mit Futter. Murat steckte einen Muffin ein, sagte zu dem Fetten „Wir müssen abhauen" und verduftete.

Der Dicke folgte ihm. Wenige Minuten später

versammelten sie sich beim LKW, verabschiedeten sich von einander und die Klöpse marschierten von dannen. Murat blickte ihnen hinterher und meinte: „Mann, durch die Typen fühle ich mich schlank. War mal mit einem von denen im Bus und ich sage euch; kaum betrat er den Bus und setzte sich an eine Seite, neigte sich das Ding in seine Richtung."

„Gute Geschichte Murat, aber wir sollten jetzt abhauen", entgegnete der Potsdamer Verkäufer.

Da kam wie aus dem Nichts einer der Irren aus dem Raum, in dem Murat und der Autor gründlich aufgeräumt hatten. Zumindest dachten sie, sie wären gründlich gewesen. Da ihm zufällig der LKWfahrende Verkäufer am Nächsten stand, packte er ihn als erstes. „Habe ich Euch! Ihr habe meine Genossen getötet und dafür..."

Er riss an des Verkäufers Kleidung herum und riss dabei dessen Jacke auf. Zum Vorschein kam ein Pullover mit einem Bild von Bismarck und Atatürk. Darunter stand: „Patrioten der Erde, reicht zum Bund euch die Hand. Für Stolz und für Freiheit in jedem Vaterland."

„Was?! Bismarck und Atatürk! Patrioten! Vaterland! Verdammt, Ihr Schweine seid Nazis! Nazis!", schrie der Angreifer.

„Geh sterben", sagte Murat, packte sich den Typen mit beiden Händen am Kopf und drehte dessen hohle Birne um 360 Grad.

„Den müssen wir jetzt aber auch erstmal aufladen. Zumal Murats DNA nun direkt an ihm ist", meinte der Autor.

„Da drüben ist der Kanal. Wir müssen ihn nicht aufladen; dort reinschmeißen dürfte genügen", entgegnete Murat.

„Okay."

Also warfen sie die Leiche in den Kanal. „Und jetzt?

Verduften wir?", fragte Phoebe.

„Verdammt. Mir fällt gerade ein, dass unsere DNA auch in dem Raum sein müsste, wo die anderen Toten liegen!", erkannte Murat.

„Dann müssen wir nochmal zurück und entweder irgendwie den Raum in Brand setzen oder die Leichen verschwinden lassen. Oder ..."

Da knallte es plötzlich ganz laut und das ganze Gebäude flog in die Luft. „Kann es sein, dass ich beim Sicherungskasten irgendwas falsch gemacht habe?", überlegte Phoebe.

Dann winkte sie ab und sagte nur: „Ach nee."

„Verduften wir", meinte Murat, woraufhin sie alle den LKW bestiegen und abhauten.

*

Einige Zeit später teilten sie im LKW die Beute auf. Im Anschluss fuhr der Potsdamer Verkäufer mit seinem Anteil zurück nach Brandenburg. Murat, Phoebe und der Autor brachten ihre Flaschen in Murats Wohnung. „Morgen geben wir sie ab und kassieren", freute sich Phoebe.

„Morgen ist Sonntag", entgegnete Murat.

„Ach so. Okay, dann machen wir das eben Montag."

„Und was machen wir morgen?", fragte der Autor.

„Abhängen. Vielleicht einen Clint Eastwood Film schauen", überlegte Murat.

„Toll. Wie wäre es mit 'Die Brücken am Fluss'?", schlug Phoebe vor.

„Zielsicher sucht sie sich den einzigen Eastwood-Film

heraus, den die meisten Kerle nicht schauen wollen",
stellte Murat fest und lachte.
„Aber das ist ein voll romantischer Liebesfilm", meinte
Phoebe.
„Nun, die 'Dirty Harry'-Filme sind zum Teil auch
Liebesfilme. In einigen der Filme hat Eastwood ja etwas
mit einer der Frauen", fiel dem Autor ein.
„Guter Punkt", stimmte Murat zu.
„Na gut. Aber dann will ich auch 'Haben Sie das von den
Morgans gehört?' schauen. Das ist auch ein Liebesfilm,
aber vor allem eine Komödie", wünschte sich Phoebe.
„Den kenn ich gar nicht", entgegnete Murat.
„Ich schon. Ist ganz okay; kann man schauen", meinte der
Autor.
Nachdem sich alle einig waren, legte sich der Autor auf's
Sofa und schlief. Murat und Phoebe gingen ins Bett und
schliefen erst sehr viel später.

*

Am nächsten Tag schauten sich die drei zusammen jede
Menge Filme an. In den Nachrichten wurde groß über den
Tod zahlreicher Politiker berichtet, aber da sie sich einen
schönen und fröhlichen Tag machen wollte, schauten sie
keine Nachrichten.
Phoebe beschloss noch eine ganze Weile bei Murat in
Deutschland zu bleiben. Zumal ihr Onkel Harris ihr
mitteilte, dass die Luft in den USA wegen der
umgestürzten Bohnenranke noch immer ziemlich dick
war. Aber das war der Frau egal; sie freute sich irgendwie

auch bei Murat zu sein. Und Murat freute sich, dass er regelmäßig bumsen konnte ohne Geld dafür zu bezahlen. „Jede Menge gratis poppen", sagte Murat zu seinem Künstlerkumpel, als Phoebe gerade in der Küche war.
„Ja und die Phoebe ist eigentlich ganz in Ordnung. In Griechenland hatte ich etwas den Eindruck, dass sie zu Überheblichkeit und Besserwisserei neigt. Kann gut sein, dass ich damals recht hatte, aber offenbar hat sie sich weiter entwickelt. Liegt vielleicht auch daran, dass sie jetzt jemand Passenden gefunden hat. Jemanden zum kostenlosen bumsen. Und wie sage ich immer: Gratis ist es am besten", entgegnete der Autor.
„Eigentlich ist es geklaut am besten, aber wenn man eine schnelle Nummer bei einer Nutte klaut, hetzt die einem ruck zuck ihren Zuhälter auf den Hals. Und das kann sehr unangenehm werden."
„Ist dir aber noch nie passiert, oder?"
„In der Form nicht. Aber das Aufhetzen betreiben die Nutten auch so gerne mal, obwohl man im Voraus bezahlt hat und sie dann einfach ihren Job nicht machen wollen. Sowas in der Art habe ich einmal erlebt und mann, vor dem großen Muskelprotz der da ankam hatte ich keine Angst, aber der war nur der Fahrer. Aber der Boss von dem, der da im Wagen ankam; die Augen von dem Typen. Ich sag dir, das war ein Killer", erinnerte sich Murat.
„Schon, aber das ist Jahre her. Der heutige Murat weiß wie er mit einem Gegner fertig wird. Denk an die große Schlacht von gestern."
„So ist es. Die ganzen Typen sind Geschichte und jetzt lernen sie Erdkunde", stellte Murat zufrieden fest.
„Ja, das war schon ein Kampf. Nicht unser größter, nicht unser erster, aber dank unserer praktischen Erfahrung auch

nicht unser Letzter."

„Richtig! Wir nehmen es mit jedem Gegner auf! Wir fürchten uns vor gar nichts!", rief Murat zu allem entschlossen aus.

„Murat! Wo ich gerade in der Küche bin; soll ich uns was kochen?!", fragte Phoebe freundlich.

„Na ja..., außer vielleicht vor Phoebes Kochkünsten", fiel Murat da ein und er blickte etwas besorgt zur Küche, bevor er seiner Freundin zurief: „Nein danke Schatz, nicht nötig! Wir bestellen nachher was!"

Ende

Romantipps:

Der Nordische Bund führt Beitrittsverhandlungen mit den skandinavischen Ländern, was der Sowjetunion nicht verborgen bleibt. Finnland war es während des Großen Krieges gelungen, seine Unabhängigkeit zu erlangen – eine Tatsache, die dem sowjetischen Diktator Josef Stalin nicht gefiel. Also beschließt er, das östlichste skandinavische Land zu erobern, bevor es für die Sowjetunion durch den Bundesbeitritt für lange Zeit unerreichbar wird. Stalins Truppen fallen in die Grenzstadt Lappeenranta ein und versuchen von dort aus das ganze Land zu erobern. Offiziell rechtfertigt Stalin die Invasion damit, dass Finnland lange Zeit zum alten Russland gehörte und er es von den Weißgardisten befreien will. Tatsächlich geht es dabei aber ausschließlich um eine Erweiterung des sowjetischen Machtbereichs. Doch Stalin sieht sich im winterlichen Finnland tapferen Verteidigern gegenüber, die ihr heiliges Vaterland nicht dem Sowjetimperialismus überlassen wollen. Unterstützt werden die Finnen von ihren deutschen Verbündeten, die Kaiser Wilhelm III heimlich ins Land einsickern ließ. Die deutschen Truppen stehen unter dem Oberbefehl der bewährten deutschen Generalstäbler von Ludendorff und von Stetten. Unter dem direkten Kommando von Stettens kämpft ein junger Offizier namens Hans von Dankenfels...

Während in Zentraleuropa der Nordische Bund für
Frieden, Freiheit und Sicherheit sorgt, brodelt es am
westlichen Rand des Kontinents. In Spanien bricht 1936
ein Bürgerkrieg aus. Verschiedene kommunistische
Gruppen kämpfen gegen General Franco und seine
Anhänger. Staaten wie England und die Sowjetunion
entschließen sich, die Roten inoffiziell zu unterstützen,
wohingegen das Deutsche Kaiserreich Soldaten nach
Spanien schickt, um Franco zu helfen. Angeführt wird das
deutsche Expeditionskorps von dem General der
Kaiserlichen Schutztruppe Hans von Dankenfels. Aber
Dankenfels ist nicht der einzige Angehörige einer fremden
Macht, der am Kampf um Spaniens Befreiung vom
Kommunismus teilnimmt. Der irische Patriot Eoin
O'Duffy unterstützt von Großbritannien aus die Anhänger

Francos, indem er das massive sowjetische Eingreifen in die Kämpfe sabotiert. Auf der anderen Seite schließt sich der englische Schriftsteller George Orwell den Gegnern Francos an. Zunächst hält er diese Entscheidung für eine gute Idee, bis er mit eigenen Augen sieht, wie sich seine neuen Kameraden gegenüber ihrem eigenen Volk verhalten. Kaiser Wilhelm III. ist klar, dass bei einer Niederlage Francos der Nordische Bund aus drei Himmelsrichtungen durch Kapitalismus und Kommunismus bedroht ist: im Südwesten durch Spanien, im Nordwesten durch das von der Hochfinanz kontrollierte Großbritannien, und im Osten durch die gigantische Sowjetunion. Spanien darf erst gar nicht zur Bedrohung werden, weshalb Wilhelm III. Männer der Kastrup in den Einsatz schickt.

In dem Sachbuch geht es um dystopische Romane und darum was sie für die heutige Zeit bedeuten. Gegen Ende des Buches werden die Dystopieautoren Tanja Krienen, Alexander Merow und Lanz Martell interviewt.

🐧🐧🐧🐧🐧🐧🐧🐧🐧🐧🐧🐧🐧🐧🐧🐧🐧🐧🐧🐧

Zeitfracht Medien GmbH
Ferdinand-Jühlke-Straße 7
99095 Erfurt, Deutschland
produktsicherheit@kolibri360.de